'우리가 정말 알아야 할 우리 고전' 기획 위원

고운기 | 한양대학교 국문학과와 연세대학교 대학원을 졸업했다.
　　　　현재 한양대학교 문화콘텐츠학과 교수이다.
김성재 | 숙명여자대학교 국문학과를 졸업하고 같은 대학원을 수료했다.
　　　　고전을 현대어로 옮기는 일에 관심을 갖고 꾸준히 작업하고 있다.
김　영 | 연세대학교 국어국문학과와 같은 대학원을 졸업했다.
　　　　현재 인하대학교 국어교육과 교수이다.
김현양 | 연세대학교 국어국문학과와 같은 대학원을 졸업했다.
　　　　현재 명지대학교 방목기초교육대학 교수이다.

우리가 정말 알아야 할 우리 고전
가려 뽑은 고대시가

초판 1쇄 발행 | 2007년 3월 10일
초판 2쇄 발행 | 2011년 8월 5일

글 | 고운기
그림 | 이길룡
펴낸이 | 조미현

디자인 | 조윤정
인쇄 | 영프린팅
제책 | 쌍용제책사

펴낸곳 | (주)현암사
등록 | 1951년 12월 24일 · 제10-126호
주소 | 121-839 서울 마포구 서교동 481-12
전화번호 | 365-5051 · 팩스 | 313-2729
전자우편 | 1318@hyeonamsa.com
홈페이지 | www.hyeonamsa.com

글 ⓒ 고운기 2007
그림 ⓒ 이길룡 2007

*지은이와 협의하여 인지를 생략합니다.
*잘못된 책은 바꾸어 드립니다.

ISBN 978-89-323-1433-4 03810

우리가 정말 알아야 할 우리 고전

가려 뽑은 고대시가

우리가 정말 알아야 할 우리 고전

글―고운기 그림―이길룡

가려 뽑은 고대시가

현암사

우리 고전 읽기의 즐거움

문학 작품은 사회와 삶과 가치관을 총체적으로 담고 있는 문화의 창고이다. 때로는 이야기로, 때로는 노래로, 혹은 다른 형식으로 갖가지 삶의 모습과 다양한 가치를 전해 주며, 읽는 이에게 기쁨과 위안을 주는 것이 문학의 힘이다.

고전 문학 작품은 우선 시기적으로 오래된 작품을 말한다. 그러므로 낡은 이야기일 수 있다. 그러나 그 속에 담긴 가치와 의미는 결코 낡은 것이 아니다. 시대가 바뀌고 독자가 달라져도 고전이라는 이름으로 여전히 많은 사람에게 읽히는 작품 속에는 인간 삶의 본질을 꿰뚫는 근본적인 가치가 담겨 있다. 그것은 시대에 따라 퇴색되거나 민족이 다르다고 하여 외면될 수 있는 일시적이고 지역적인 것이 아니다. 시대와 민족의 벽을 넘어 사람이면 누구나 공감할 수 있는 보편적이고 세계적인 것이다. 그렇기 때문에 우리가 톨스토이나 셰익스피어 작품에서 감동을 받고, 심청전을 각색한 오페라가 미국 무대에서 갈채를 받을 수도 있다.

우리 고전은 당연히 우리 민족이 살아온 삶의 궤적을 담고 있다. 그 속에 우리의 지난 역사가 있고 생활이 있고 문화와 가치관이 있다. 타인에게 관대하고 자신에게 엄격한 공동체 의식, 선비 문화 속에 녹아 있던 자연 친화 의식, 강자에게 비굴하지 않고 고난에 굴복하지 않는 당당하고 끈질긴 생명력, 고달픈 삶을 해학으로 풀어내며 서러운 약자에게는 아름다운 결말을 만들어 주는 넉넉함…….

사람과 사람, 사람과 자연의 '어울림'을 중요하게 생각했던 우리의 가치관은 생활 속에 그대로 녹아서 문학 작품에 표현되었다. 우리 고전 문학 작품에는 역사가 기록하지 않은 서민의 일상이 사실적으로 전개되며 우리의 토속 문화와 생활, 언어, 습속이 구체적으로 드러난다. 작품 속 인물들이 사는 방식, 그들이 구사하는 말, 그들의 생활 도구와 의식주 모든 것이 우리의 피 속에 지금도 녹아 흐르고 있음이 분명하지만 우리 의식에서는 이미 잊힌 것들이다.

그것은 분명 우리 것이되 우리에게 낯설다. 고전을 읽음으로써 우리는 일상에서 벗어나 그 낯선 세계를 체험하는 기쁨을 얻게 된다. 몰랐던 것을 새롭게 아는 것이 아니라 잊었던 것을 되찾는 신선함이다. 처음 가는 장소에서 언젠가 본 듯한 느낌을 받을 때의 그 어리둥절한 생소함, 바로 그 신선한 충동을 우리 고전 작품은 우리에게 안겨 준다. 거기에는 일상을 벗어났으되 나의 뿌리를 이탈하지 않았다는 안도감까지 함께 있다. 그것은 남의 나라 고전이 아닌 우리 고전에서만 받을 수 있는 선물이다.

우리 고전을 읽어야 한다는 데는 이미 많은 사람이 공감한다. 고전 읽기를 통해서 내가 한국인임을 자각하고, 한국인이 어떻게 살아 왔으며, 어떻게 살아가야 할지 알게 하는 문화의 힘을 느낄 수 있다.

하지만 고전은 지난 시대의 언어로 쓰인 까닭에 지금 우리가, 우리의 청소년이 읽으려면 지금의 언어로 고쳐 쓰는 작업이 반드시 선행되어야 한다. 우리가 쉽게 접하는 세계의 고전 작품도 그 나라 사람들이 시대마다 새롭게 고쳐 쓰는 작업을 거듭한 결과물이다. 우리는 그런 작업에서 많이 늦은 것이 사실이다. 이제라도 우리 고전을 새롭게 고쳐 쓰는 작업을 할 수 있는 것은 우리의 문화 역량이 여기에 이르렀다는 반증이다.

현재 우리가 겪는 수많은 갈등과 문제를 극복할 해결의 실마리를 고전 속에서 찾을 수 있다고 확신하면서 우리 고전을 지금의 언어로 고쳐 쓰는 작업을 시작한다. 이 작업은 여기에서 멈추지 않고 앞으로도 시대에 맞추어 꾸준히 계속될 것이다. 또 고전을 읽는 데서 끝나지 않을 것이다. 우리 고전은 우리의 독자적 상상력의 원천으로서, 요즘 시대의 화두가 된 '문화 콘텐츠'의 발판이 되어 새로운 형식, 새로운 작품으로 끝없이 재생산되리라고 믿는다.

　'우리가 정말 알아야 할 우리 고전'을 기획하면서 우리는 다음과 같은 몇 가지 원칙을 세웠다.

　먼저 작품 선정에서 한글·한문 작품을 가리지 않고, 초·중·고 교과서에 수록된 작품을 우선하되 새롭게 발굴한 것, 지금의 우리에게도 의미 있고 재미있는 작품을 포함시키기로 하였다.

　그와 함께 각 작품의 전공 학자들이 적극적으로 참여하여 판본 선정과 내용 고증에 최대한 정성을 쏟았다. 아울러 원전의 내용과 언어 감각을 훼손하지 않으면서도 글맛을 살리기 위해 윤문 과정을 여러 차례 거쳤다.

　마지막으로 시각 효과를 높이기 위해 내용에 맞는 그림을 곁들였다. 그림만으로도 전체 작품의 흐름을 알 수 있도록 화가와 필자가 협의하여 그림 내용을 구성했으며, 색다른 그림 구성을 위해 순수 화가와 사진가를 영입하였다.

　경험은 지혜로운 스승이다. 지난 시간 속에는 수많은 경험이 농축

된 거대한 지혜의 바다가 출렁이고 있다. 고전은 그 바다에 떠 있는 배라고 할 수 있다.

자, 이제 고전이라는 배를 타고 시간 여행을 떠나 보자. 우리의 여행은 과거에서 출발하여 앞으로 미래로 쉼 없이 흘러갈 것이며, 더 넓은 세계에서 더 많은 사람을 만나며 끝없이 또 다른 영역을 개척해 갈 것이다.

2004년 1월

기획 위원

글 읽는 순서

균여의 보현시원가

십삼

처음 노래와 미요

공무도하가 公無渡河歌 | 여옥

임이여 강 건너지 마셔요
임은 굳이 건너가시네
강물에 휩쓸려 죽으니
아, 임아, 어찌 하리.

公無*渡河
公竟渡河
墮*河而死
當奈公何*

---

* 無(무) | '~하지 말라'는 금지의 뜻이 있다.
* 墮(타) | 떨어지다. 여기서는 '빠지다'의 뜻이다.
* 奈(내)~何(하) | 어떤가, 어찌 하여. 두 글자 사이에 公(공)이 들어가 문장으로 바뀌었다.

참으로 서글프고 아름다운 노래이다. 단 넉 줄, 더욱이 반복된 몇 구절을 감안한다면 쓰인 단어조차 몇 되지 않는 이 노래가 그토록 슬프고 아름답게 아로새겨지는 것은 무슨 까닭인가?

마을 앞 나루터에서 뱃사공으로 일하는 곽리자고는 이른 아침 강가에서 벌어지는 참혹한 광경을 목격하고 돌아온다. 흰머리를 풀어헤친 늙수그레한 남자가 강으로 뛰어 들어가고, 아리따운 부인이 말리느라 울며불며 애타게 그의 뒤를 따른다. 남자는 애타는 부인의 마음은 아랑곳없이 물에 빠져 죽고, 부인은 망연자실할 뿐이다. 이 광경을 목격한 곽리자고는 집으로 돌아와 부인인 여옥麗玉에게 그 일을 전한다. 여옥은 평소 즐겨 타는 악기인 공후를 가져와 음률을 맞추더니 이 노래를 지어 부른다.

무슨 사연이 있었던 것일까? 부인의 만류를 뿌리치고 미친 듯이 강물로 뛰어든 사내는 대체 어떤 말 못할 곡절을 가지고 있었을까?

짧고 충격적인 이야기일수록 거기에는 다양한 해석이 뒤따르게 마련인

데, 크게는 원시 무속 신앙의 한 의례로 보는 견해가 지배적이다. 물가에서 벌어진 굿의 한 장면으로, 남녀 무당은 그 절정에서 물에 뛰어드는 장면을 연출한다는 것이다.

한 학자(이승훈)는 이를 다음과 같이 풀어서 설명한다.

> 물에 잠기는 행위는 형태가 존재하기 전의 상태로의 회귀를 상징하며,
> 이는 한편으로는 전멸과 죽음이라는 의미를, 다른 한편으로는 재생과
> 소생이라는 의미를 환기한다.

한마디로 삶과 죽음의 퍼포먼스라는 것이다. 그러나 이 사건은 애초에 실화일 가능성이 높다. 연유는 알지 못하지만 비극적인 투신 사건이나, 물가에서 일하다 불의의 사고를 당해 죽은 이가 있었으리라 보인다. 사람들은 이 비극을 위로하기 위해 넋 달래기 굿을 벌였으리라.

물은 삶을 앗아 갔지만, 그 물을 떠나지 못하는 사람들은 앗긴 생명을 위로하고, 더는 비극이 일어나지 않기를 비는 것이다.

황조가黃鳥歌 | 유리왕*

펄펄 날아 오가는 꾀꼬리여
암컷 수컷 서로 의지하며 사네
생각느니, 나는 외로운 사람
누가 있어 함께 가리.

翩翩*黃鳥
雌雄*相依
念我之獨
誰其與歸

* 유리왕(琉璃王) | 기원전 19년에서 기원후 18년 동안 재위한 고구려 제2대 왕. 동명왕 주몽의 맏아들. 어머니는
예(禮)씨. 기원전 19년 4월 부여에서 고구려로 와 태자로 책봉되었으며, 그해 9월 동명왕이 죽자 왕위에 올랐다.
* 翩翩(편편) | 오락가락 훌쩍 나는 모양.
* 雌雄(자웅) | 자는 암컷, 웅은 수컷.

유리왕은 아버지 주몽을 이어 대제국 고구려의 기반을 닦은 사람이다. 그런 영웅에게도 아련한 사랑은 있어 그 마음을 시로 읊었다.

유리왕에게는 사랑하는 두 여자가 있었다. 본국 출신의 화희와 이민족 출신인 치희가 그들이다. 왕의 입장에서야 두 여자가 모두 사랑스러웠겠으나, 여자들의 마음은 그렇지 못한 모양이다. 사랑을 독차지하려는 마음이 있다. 어느 날 유리왕이 사냥을 나간 사이에 싸움이 벌어졌는데, 화희는 치희의 약점을 건드렸다. "오랑캐 여자 주제에 감히 왕의 사랑을 나눠 가지려 하느냐"는 것이다. 치희는 분에 못 이겨 짐을 싸서 자기 나라로 돌아가 버리고 말았다.

사냥에서 돌아온 유리왕은 사단이 벌어진 것을 알았다. 급히 말을 몰아 치희의 뒤를 쫓았으나, 이미 때는 늦어 어쩔 수 없이 발길을 돌려야 했다. 고개를 떨어뜨린 채 한숨을 몰아쉬는데, 마침 나무 위에서 암수 꾀꼬리 한 쌍이 즐거이 노래를 부르고 있는 것이었다. 왕은 새삼 자신의 처지가 서글퍼져 노래 부른다. 이 노래가 「황조가」이다. 유리왕 3년(기원전 17년)에 있었던 일이다. 하지만 「황조가」가 만들어진 이 같은 배경담에는 의심이 간다. "누가 있어 함께 가리" 하고 탄식하지만, 돌아가면 본국 출신의 화희가 있지 않은가? 화희보다 치희를 더 사랑해서 그렇다고도 할 수 있을지 모르나, 일국의 왕이 쏟아내는 탄식치고는 너무 사소한 데 얽매었다.

그래서 「황조가」의 배경담과 시는 본디 따로 있었는데, 그 비슷한 정황 때문에 둘이 들러붙었거나, 단순한 서정시가 아닌 왕으로서 두 나라 사이의 외교적 마찰을 걱정한 표현이었으리라는 견해도 있다.

그러나 그렇게 복잡하게 뒤 사연을 캐들어 갈 필요가 있을까. 왕도 인간인 이상 마음속의 슬픈 느낌을 한 번쯤 드러낼 수 있지 않았을까.

구지가龜旨歌

거북아 거북아
머리를 내밀어라
내밀지 않으면
구워서 먹을 테다

龜何*龜何
首其現也
若不現也
燔灼*而喫也

* 何(하) | 부르는 소리. 정통 한문식 용례로 보기는 어렵다.
* 何(하) | 부르는 소리. 정통 한문식 용례로 보기는 어렵다.
* 燔灼(번작) | 두 글자 모두 태운다는 뜻. 특히 번(燔)은 나무 따위를 때어 불티를 하늘로 올리면서 고기를 굽는
  다는 뜻을 가지고 있다.

이십이

이 노래 또한 한문으로 전해 오지만 민요적 성향이 강하다.

한마디로 「구지가」는 가락국의 수로왕 탄생 설화와 관련된 노래이다. 가락국에 아직 왕이 서지 않았을 때, 이곳의 구지봉에 금궤 하나가 하늘로부터 내려왔는데, 거기서 나온 여섯 아이 중 하나가 수로왕이 되었다. 사람들이 궤를 맞이하는 장면은 다음과 같다.

후한後漢 세조 광무제 건무建武 18년은 임인년(42년)인데, 3월 계욕일禊浴日에 그들이 살고 있는 북쪽 구지龜旨에서 이상한 소리가 들렸다. 마치 누군가를 부르는 것 같았다. 200~300명의 무리가 그곳에 모여들자 사람의 말소리처럼 들렸다. 몸은 드러내지 않고 목소리만이었다.

"여기에 사람이 있느냐?"

9간 등이 대답했다.

"우리가 있습니다."

"내가 있는 곳이 어디냐?"

"구지봉입니다."

"하늘에서 내게 명하기를, '이곳에 내려가 나라를 새롭게 하고 임금이 되라' 하셨다. 그래서 이곳에 내려왔다. 너희는 모름지기 봉우리 위의 흙을 파면서 노래하고 춤을 추어라. 그러면 곧 대왕을 맞아 기뻐 뛰게 될 것이다."(『삼국유사』에서)

이 노래는 제정일치 시대의 신을 맞이하는 의례에서 사용된 무가巫歌일 것이 분명하지만, 흙을 쥐고 발을 구르며 불렀다는 기록으로 보아 노동가요일 가능성도 있다. 또한 뒤에서 소개할 수로부인水路夫人의 전설에 나오는 「해가海歌」와 비슷한데, 이 같은 스타일의 노래가 한반도의 남동해안으로부터 동해안까지 널리 퍼져 있었던 것 같다.

노래에서는 맞이하려는 대상을 거북이로 상정하고 있다. 그러나 존대보다는 위협을 가하면서 심지어 구워먹겠다는 불경스런 표현을 서슴지 않는다. 이는 우리 옛 노래의 한 특이성이다. 소망을 직설적이고 분명하게 말하는 고대인의 단순 소박함이 더 멋지지 않은가.

해가 海歌

거북아 거북아

수로부인을 내놓아라

남의 부인 앗아 간

그 죄 얼마나 큰가

네 만일 거슬러

내놓지 않는다면

그물을 쳐서 끌어내

구워서 먹을 테다

龜乎龜乎出水路

掠人*婦女罪何極

汝若*悖逆不出獻

入網捕掠燔之喫

* 人(인) | 사람. 여기서는 '남' 이라 번역한다.
* 若(약) | 만약 ~한다면. 조건절을 만드는 허사.

이십육

한시의 형태이지만, 본디 민요인데 한문으로 번역된 것이다. 『삼국유사』에서 「헌화가獻花歌」와 같은 지면에 있다. 편찬자 일연이 군이 한역漢譯된 노래를 실었다는 점에서 향가라고 부르지 않는다.

꽃을 선물로 받은 수로부인은 다시 행차를 계속하는데, 그 용모가 심히 아름다워 가는 곳마다 수난을 당한다. 동해 바닷가에서 급기야 용이 부인을 잡아간다. 남편인 순정공은 이번에도 발만 구른다.

그러자 마을의 한 노인이 와서 부인을 구할 방도를 일러 준다. '뭇사람의 입은 쇠라도 녹인다衆□礫金' 하고, 마을 사람들을 해변에 모두 모아, 지팡이로 땅을 치면서 이 노래를 부르라고 한다. 노인의 말을 따랐더니 과연 용이 부인을 받쳐 들고 나왔다.

주인공이 수로부인으로 바뀌고 상황이 조금 다를 뿐, 이야기의 구조는 앞의 「구지가」와 매우 흡사하다. 노래의 틀이 그럴 뿐만 아니라, 사람들이 모여 지팡이를 치며 불렀다는 상황이 그렇다. 수로水路부인과 수로首露왕 또한 한자만 다를 뿐 우리 발음은 같다.

이미 앞서 지적한 바, 이 같은 노래는 동해안을 따라 형성된 무속의 전형적인 스타일 속에서 등장했을 가능성이 높다. 다만 「구지가」가 좀더 원시적인 신화의 시대였다면, 「해가」는 전설의 시대에 불린 좀더 현실성을 띤 노래라는 점이 다르다.

인삼노래 人蔘讚

세 갈래 가지마다
잎은 다섯 개씩
양지를 등지고
응달에서 자라네

나를 얻자고
오는 사람은
자작나무 밑에서
찾아보시라

三椏*五葉
背陽向陰
欲來求我
椴*樹相尋

* 椏(아) ㅣ 가장귀. 나뭇가지의 아귀.
* 椴(단) ㅣ 자작나무. 궐(橛) 곧 나뭇등걸, 그루터기를 조선에서는 '단'이라 한다는 기록이 있다.

이십팔

인삼은 우리가 가진 대표적인 신령스런 약초이다. 중국에서도 인삼이 나지만 품질은 우리 것을 따르지 못한다. 이미 삼국시대부터 인삼에 대한 기록이 있고 그 재배가 고구려 지역을 중심으로 광범했던 것으로 보아 이 노래는 그 같은 분위기를 잘 전해 준다고 할 수 있다.

세 갈래 가지에 잎이 다섯 개라는 표현은 인삼의 외양을 정확히 묘사한 것이다. 특히 인삼이 응달에서 자라는 속성을 가지고 있으므로 자작나무 밑을 찾아보라는 표현은 짧지만 절묘하다.

박지원은 그의 『열하일기熱河日記』에서, 이 노래가 고구려 때 불리었으며, 중국에 널리 유포되었다고 말한다. 그는 '단수椴樹'가 잎이 넓고 그늘이 짙은 자작나무이며, 인삼이 그 밑에서 잘 자란다는 사실까지 고증하여 신빙성을 더하고 있다.

이는 아마도 같은 시대의 한치윤이 중국 송나라의 이석이 쓴 『속박물지』에서 찾아내 소개한 것을 본 듯하다. 『명의별록』이라는 책에서도 이 노래를 고구려 사람이 지었다고 말한다.

그렇다면 이 노래는 인삼 농사를 짓는 사람들이 부른 노동요라고 볼 수 있다.

그러나 좀더 나아가 인삼이 사람의 형상, 특히 여체를 닮았다는 점을 감안한다면, 상대를 찾는 연인들이 부르는 구애求愛의 노래가 아닌가 싶기도 하다. 이렇듯 노동요가 곧 유희요로 전이되는 경우란 흔하다.

꽃노래

두 절 동쪽에 있는
기원정사여
소나무 두 그루 가지런히 서 있고
사이엔 칡덤불 우거졌네

돌이켜보면
꽃은 언덕에 우거졌는데
실안개 가벼운 구름이
한데 어울려 아물하구나

祇園*實際兮二寺東
兩松相依兮蘿中
回首一望兮花滿塢*
細霧輕雲兮幷濛濃*

* 祇園(기원)ㅣ본디 기원정사(祇園精舍)는 석가모니가 만년에 거처한 절. 여기서는 이 이름을 딴 절 이름인 듯하다.
* 塢(오)ㅣ언덕.
* 濛濃(몽농)ㅣ아물아물한 모양.

삼십

현재 『동국문헌비고東國文獻備考』에 실려 전해지는 「꽃노래」는, 신라 경애 왕이 포석정에서 술 놀이를 할 때, 기생 하나가 일어나 부른 것이라고 한다. 그러나 이런 간단한 설명 이외에 달리 노래에 대한 자세한 뒷말이 없다.

포석정은 경주 남산의 장창골과 부엉골 사이에 있다. 부엉골은 포석골이 라고도 하는데, 산 전체가 불교적 사적지로 뒤덮인 것과는 별도로 포석정 은 놀이터였다는 점에서 특이하다. 포석정 근처만 해도 금광사와 창림사 터가 남아 있다.

여기서 한 가지 의문이 생긴다. 포석정이 단순한 놀이터로 변한 것은 신 라 후대에 들어서서이므로, 「꽃노래」에 불교적 어떤 의미가 깃들어 있지는 않았을까 하는 것이다.

물론 곡수曲水의 주연酒宴은 중국에서 유래하고 이웃 일본까지 전해졌다. 분명 상층 계급의 놀이였으리라 짐작되지만, 현재 남아 있는 증거로 우리 의 포석정과 일본의 모월사毛越寺 정원이 있는데, 두 곳 모두 절 안 또는 근 처에 위치해 있다는 점을 주목할 필요가 있다.

이 노래는 기원정사를 끌어들이며 시작하고 있다. 기원정사는 부처님이 만년에 거처하며 설법한 절이다.

그러나 이 시에서는 그 절이 아니라, 포석정 근처 금광사와 창림사 두 절 동쪽의 어떤 절(또는 건물)의 별칭이 아닌가 한다. 처음 두 줄은 단순한 풍 경 묘사에 그치나, 다음 두 줄은 언덕에 무더기로 핀 꽃과 하늘을 덮은 실 안개 구름을 교차시켜, 사람살이의 부질없음이나 허망함을 상징한다. 아 름다운 꽃이 피어 있어도 언젠가 져 버릴 유한한 생명이요, 아물아물한 꿈 일 뿐이다.

향가

서동요 薯童謠 | 서동

선화공주님은
남 모르게 짝지어 놓고
서동 서방을
밤에 알을 품고 간다.*

善化公主*主隱
他密只嫁良置古
薯童房乙
夜矣卯乙抱遣去如

* 밤에 알을 품고 간다.(夜矣卯乙抱遣去如) | 양주동은 "밤에 몰래 안고 간다"로 해석하였다.
* 善化公主(선화공주) | 『삼국유사』에 실린 설화의 본문에서는 선화(善花)라 표기하였다.

삼십사

맹랑하기 그지없는 사람이 새로운 역사를 만든다. 누구도 될 수 없다고 포기할 때 기상천외한 아이디어로 난국을 돌파하는 힘은 맹랑한 데서 나온다. 그렇기에 맹랑한 사람을 우대하는 사회가 발전한다.

서동은 우리 고대사에서 만날 수 있는 맹랑한 사람 중 하나이다. 서여薯蕷를 캐서 내다 팔아 홀어머니를 모시는 처지에 더욱이 백제 사람으로 신라의 공주 선화가 어여쁘다는 말을 듣고 그녀를 꾀어내러 가는 출발부터가 맹랑하다. 서여는 마를 말하는 것으로 이즈음으로 치면 군것질거리 음식이었다.

그러나 서동은 결코 허무맹랑하지는 않다. 아무도 실현 가능성 없다는 이 일을 돌파할 꾀가 그에게는 있었던 것이다. 서동이 쓴 방법은 노래를 통한 여론의 조성이었다. 노래에는 그 같은 힘이 있다. 민요에서는 그것을 참요(예언의 노래)의 일종으로 보거니와, 매스컴이 발달하지 않았던 옛 시절에 사람들의 입에서 입으로 전해지는 소문은 사실과 상관없이 일의 흐름을 바꿔놓기 쉽다. 서동은 이와 같은 노래를 지어 놓고 경주 거리의 아이들을 꾀어냈다. 물론 그가 백제에서 가져간 서여를 아이들에게 나눠 주며 소리 높여 부르게 한 것이다. 마치 선화공주가 벌써 서동과 그렇고 그런 사이가 된 것처럼 꾸민 노래이다. 입에서 입으로 전해지는 소문은 과연 위력적이었다.

이 노래에서 '밤에 알을 품고 간다'가 구체적으로 무엇을 뜻하는지는 알기 어렵다. 성적 상징이나 알레고리는 아닐까? 맹랑한 서동이 무슨 말인들 만들어 내지 못하겠는가.

헌화가獻花歌

자줏빛 바위 가에
잡은 손 암소를 놓게 하시고*
나를 아니 부끄러워하신다면
꽃을 꺾어 바치오리라.

紫布岩乎邊希
執音乎手母牛放教遣
吾肹不喻慚伊賜等
花肹折叱可獻乎理音如

* 잡은 손 암소를 놓게 하시고(執音乎手母牛放教遣) | 김완진은 "잡고 있는 암소 놓게 하시고"로 해석하였다.

삼십육

우리 고대사에서 가장 튀는 여자 수로부인. 그녀는 남편인 순정공이 강릉 태수에 부임하러 가는 길에 동행했다가 바다와 깊은 산과 못을 지날 때마다 정체불명의 이물異物들에게 붙들려 가곤 했다. 세상 견줄 이가 없을 정도로 그녀의 용모가 뛰어났기 때문이다.

수로부인의 용모가 도대체 얼마나 뛰어났으면, 사람뿐 아니라 동해의 용과 같은 이물조차 탐을 내었을까? 그런데 용에게 붙들려 바닷속까지 다녀온 수로부인은 태연자약하다. 일곱 가지 보물로 장식한 궁전의 음식은 달고 향기로우니, 인간 세상에 비할 바가 아니라고 자랑까지 한다. 오직 남편만이 발을 동동 구를 뿐이다.

이처럼 미색을 갖춘 여자였으므로, 혈기왕성한 청장년만이 그녀에게 반하는 것은 아니었다. 시골에 사는 초라한 노인까지도 어떻게 하든 부인에게 잘 보여 점수 좀 따려고 설친다. 그런데 기회가 왔다. 바닷가 깎아지른 벼랑에 어여쁜 철쭉이 피었는데, 부인은 자신의 미모를 닮은 이 꽃을 갖기를 원했다. 마음만큼 몸이 따라주지 않는 시종들이 모두 주저하고 있을 때, 노인은 과감히 벼랑을 오른다. 경험 많은 슬기로운 노인에게 꽃을 따는 일은 힘으로 하는 것이 아니었다. 노래의 첫 행에서 '자줏빛 바위' 란 절벽 가득 피어 있는 철쭉꽃이 멀리서 보기에 마치 자주 빛깔의 병풍처럼 보였다는 뜻도 된다.

이야기의 하이라이트는 꽃을 꺾어 바치는 노인의 다음 행동이다. 자긍심을 가지고 부인 앞에 선 노인은 꽃만큼이나 아름다운 노래를 함께 지어 바쳤다. 꽃이 자연이 준 최고의 선물이라면 노래는 인간이 만든 최고의 선물이었다. 손에 잡은 암소도 놓고 정중히 꽃을 바치는 노인의 태도야말로 헌신하는 자의 상징이다.

꽃을 탐내는 여자의 마음도 아름답지만 모름지기 사랑은 자기가 가진 것 모든 것을 버려 바꾸는 사랑이야말로 최고의 가치를 지닌다.

공덕가功德歌* | 양지*

오다 오다

오다 오다

설움 많은가

설움 많네

도량공덕

닦으러 오다

來如來如

來如來如

哀反多羅

哀反多矣

徒良功德*

修叱如良來如

* 공덕가(功德歌) | 흔히 '풍요(風謠)'라 부른다. 여기서 여섯 줄로 해석한 것은 정렬모의 견해를 따랐다. 양주동은
  "오다 오다 오다 / 오다 서럽다라 / 서럽다 의내여 / 공덕 닷ㄱ라 오다"로 해석하였다.
* 양지(良志) | 나고 죽은 해는 모름. 선덕여왕(632~646년 재위) 때부터 문무왕(661~680년 재위) 때까지에 걸쳐
  활동한 인물로 추정된다.
* 徒良功德(도량공덕) | 여기서 '도량'은 도장(道場)의 우리식 표기로 보인다. 지금도 '도장'은 절을 말할 때 '도
  량'으로 읽는다.

신라 향가 중 가장 짧고 간단한 노래이다. 그러나 우리는 이 시에서 불교와 민중이 만나는 절묘한 현장을 본다.

양지 스님은 기이한 분이다. 시주조차 직접 나가서 하지 않는다. 자신의 지팡이 끝에 포대를 달아 날리면 지팡이가 저절로 신도들의 집을 돌아 포대 가득 음식을 채워 오는 것이었다.

양지 스님은 스님으로서 본업에 충실한 한편 글씨, 조각, 건축 등 두루 재주가 뛰어났으며 훌륭한 작품 또한 많았다. 그 중 하나가 영묘사의 장육존상이었다. 이 불상을 만드는 데는 많은 진흙이 필요했다. 그래서 성안의 여러 사람의 힘을 빌리기로 했다. 사람들은 앞 다투어 양지 스님을 도왔다.

이 노래는 그때 흙을 나르던 사람들이 일하면서 부른 노래이다. 용도가 그랬으므로 전형적인 민요, 그 중에서도 노동요의 성격을 잘 보여 준다.

노동요는 일할 때 부르는 민요이다. 힘든 일을 하다 지치고 괴로울 때 부르는 노래는 위안을 준다. 더욱이 함께 입을 모아 부르다 보면 박자에 맞추어 행동이 통일되니 덜 힘들다. 양지 스님은 그 같은 노래의 효용을 누구보다 잘 알고 있었던 것 같다.

온 백성이 힘을 모아 벌이는 사업은 곧 즐거운 잔치로 변한다. 거기에 양지 스님은 당대 불교가 추구한 이념을 자연스레 녹아들게 하였다. 서방정토를 간구하는 이생의 사람들에게 훌륭한 공덕을 쌓아 나가라는 메시지를 담은 것이다.

태어난 일 자체가 설움, 우리는 그 운명의 짐을 저버리지 못하는 것이다.

처용가處容歌 | 처용

서울의 밝은 달밤

밤늦도록 노닐다가

들어와 자리를 보니

다리가 넷이로구나

둘은 내 것인데

둘은 누구인가

본디 내 것이었던 것을

빼앗아 감을 어찌 하리.

東京*明期月良

夜入伊遊行如可

入良沙寢矣見昆

脚烏伊四是良羅

二肹隱吾下於叱古

二肹隱誰支下焉古

本矣吾下是如馬於隱

奪叱良乙何如爲理古*

사십이

* 東京(서울) | 역사적으로 경주를 동경(東京)으로 표기한 것은 고려시대 이후의 일이다. 그러므로 신라 향가에서 그때의 서울인 경주를 이렇게 표기한 것은 괴이하다는 견해를 내보이는 학자도 있다. 참고로 고려시대 노래 「처용」 또한 '東京'으로 표기하고 있다.
* 奪叱良乙何如爲理古(빼앗아 감을 어찌 하리.) | 이 구절을 해석하는 데에 크게 두 가지 학설이 있다. 하나는 체념적 표현이라는 것과, 다른 하나는 크게 화내는 모양이라는 것이다. 후자의 견해가 너른 지지를 받고 있다.

노래 자체는 평범하나 해석의 여지는 넓은 편이다. 처용이 누구냐에 따라 다양해진 것이다. 낯선 서울 땅에 와서 헤매다 제 처가 역신疫神과 동침하는 현장을 목격해야 했던 불행한 사나이.

원래 설화에서는 처용을 동해 용의 아들이라고 했다. 신라 헌강왕이 울산 근처를 지날 때 갑자기 운무가 가득하여 길을 잃게 되었다. 신하가 이르기를, 동해 용의 조화이니 그를 위해 좋은 일을 베풀자고 했다. 왕은 근처에 절을 세우기로 했다. 그 명령이 떨어지자마자 운무가 개고 이어 용이 나타나 감사를 표하며 자신의 아들 중 하나를 왕에게 딸려 보냈다. 그가 곧 처용이다.

그렇다면 처용은 정말로 용의 자식인가? 이에 대해 갖가지 해석이 나오는데, 크게 세 가지로 나눌 수 있다. 우선 동해 용을 무당으로 보는 견해. 다음은 지방 호족으로 보는 견해. 마지막으로 아라비아 상인으로 보는 견해이다. 매우 독특한 마지막 주장은 당시 울산이 국제 무역항이었고 처용의 모습이 기괴하였다는 데에 근거를 둔다.

신라 헌강왕대는 사치가 극에 달해 기울어 가는 시기였다. 그 같은 사회

는 필연코 성적으로도 문란하기 마련이다. 유부녀가 외간남자와 정을 통하는 이 장면에서 당시의 사회상을 읽을 수 있다.

그런데 처용은 물러나 이 같은 노래를 부르고 춤을 춘다. 처용의 노래와 춤은 그 같은 비극 앞에서 체념한 것일까, 에둘러 타이른 것일까? 역신은 감격하여 맹세한다.

"제가 공의 아내를 사모하여 지금 동침까지 했는데, 공은 노여워하지 않으니 대단하시군요. 이후로는 공의 얼굴을 그린 것만 보아도 그 문에 들어가지 않겠습니다."

한 사나이의 희생으로 그 뒤 사람들이 입은 덕은 크다.

모죽지랑*가慕竹旨郎歌 | 득오*

가 버린 봄을 그리워하자니
모든 것이 울어야 할 슬픔
아름답게 빛나시던
그 모습 갈수록 스러져 가도다
눈 돌릴 사이
만나보기 어찌 이루랴
님 그리는 마음이 가는 길
다북쑥 구렁에서 잘 밤 있으리.

去隱春皆理米*
毛冬居叱沙哭屋尸以憂音
阿冬音乃叱好支賜烏隱
貌史年數就音墮支行齊
目煙廻於尸七史伊衣
逢烏支惡知作乎下是
郎也慕理尸心未　行乎尸道尸
蓬次叱巷中宿尸夜音有叱下是

사십육

* 죽지랑(竹旨郎) | 아버지는 술종공(述宗公). 진덕·태종·문무왕 대에 화랑으로 활약. 소판까지 이른 진골 귀족이다.
* 득오(得烏) | 나고 죽은 해는 모름. 득오곡(得烏谷)이라고도 한다. 관리가 되어 급벌찬의 관등에 올랐다.
* 去隱春皆理米(가 버린 봄을 그리워하자니) | 김완진은 "지나간 봄 돌아오지 못하니"로 해석하였다.

죽지랑은 탄생 설화부터 기이한 화랑의 영웅이다. 아버지가 삭주도독사가 되어 부임하는데 죽지령이라는 고개에서 기이한 거사를 만난다. 삭주에 부임한 뒤 꿈에 그 거사가 방안으로 들어오는 것이었다. 어머니도 같은 꿈을 꾸었다. 다음 날 사람을 시켜 거사의 안부를 물었더니, 바로 꿈을 꾼 시각에 죽었다고 하였다. 어머니는 그때로부터 태기가 있었고, 이런 까닭으로 아들을 낳자 '죽지'라고 이름을 붙였다. 일찍이 김유신을 좇아 삼국 통일에 공을 세운 그는 진덕여왕에서 신문왕까지 4대에 걸쳐 재상을 지내기도 하였다. 그러나 권력의 세계는 비정한 법, 그 또한 토사구팽*의 신세를 면하지 못하였다.

하지만 팽烹을 당한 것은 죽지랑 개인만의 일이 아니었다. 삼국 통일의 공을 세우고 나라의 중신으로 떠오른 화랑 출신들이 공동으로 당한 처지였다. 심지어 김유신조차 그의 사후 가족들이 몰살을 당하거나 재산을 빼앗기고 도성에서 쫓겨났다.

왜 그렇게 되었을까? 전쟁을 하는 동안에는 군인이나 공신이 소중하지만 전쟁이 끝나고 난 다음 그들은 거추장스럽고 위험한 존재로 변한다. 그들이 칼을 쥐고 있기 때문이다.

이 노래는 인생의 무상함을 그리고 있다. 그것은 보편적인 인간의 감정이면서, 삼국 통일 후 당해야 했던 화랑 출신들의 비극을 생각하면 노래는 더욱 슬프게 우리의 가슴을 친다.

지은이 득오는 죽지랑이 거느리던 부하였다. 득오가 어느 날 갑자기 상관인 죽지랑도 모르는 사이에 지방으로 전출을 당한다. 격노할 일이었지만, 죽지랑에게는 이제 그것을 막을 힘이 없었다. 그저 옛 부하를 위로하기 위해 술이며 음식이며 챙겨 몸소 시골까지 찾아가지만 이전 같으면 감히 자신을 상대도 못했을 지방 하급 관리의 대단한 위세에 낭패만 당한다. 득오의 노래는 이때쯤 지어졌으리라 보인다.

　가 버린 봄을 돌이키자니 울고 싶을 따름이다. 임 그리는 마음은 다북쑥 구렁에서 잠을 자야 하는 현실의 고단함 앞에서 슬픔만 더할 뿐이다.

* 토사구팽(兎死狗烹) | 토끼를 다 잡으면 사냥개를 삶는다. 요긴한 때는 소중히 여기다가도, 쓸모가 없게 되면 천대하고 쉽게 버리는 일을 비유하여 이르는 말. 『사기(史記)』의 「회음후전(淮陰侯傳)」에 나온다.

안민가安民歌 | 충담사

임금은 아버지요
신하는 다사로운 어머니
백성은 어린아이라고
하실진대, 백성이 다사로움을 알도다

구물구물 살아가는 물생物生
이들을 먹이고 다스리라
이 땅을 버리고 어디로 가리
하실진대, 이 나라 보전될 것을 알도다

아, 임금답게 신하답게 백성답게
한다면, 나라는 태평하리니.*

君隱父也

臣隱愛賜尸母史也

民焉狂尸恨阿孩古

爲賜尸知民是愛尸知古如

窟理叱大肹生以支所音物生*

此肹喰惡支治良羅

此地肹捨遣只於冬是去於丁

爲尸知國惡支持以　支知右如

後句　君如臣多支民隱如

爲內尸等焉國惡太平恨音叱如

* 구를 나누는 방법 | 원문의 행갈이를 존중한 김완진의 견해에 따랐다. 하실진대(4행), 하실진대(8행), 한다면(10
　행)을 양주동의 경우 각각 3행, 7행, 9행의 끝으로 올려놓고 있다.
* 物生(물생) | 살아 있는 모든 것. 생물. 그러나 여기서는 사람으로 한정하고 있다.

오십일

충담사忠談師는 자기의 시에 대해 대단한 자부심을 가진 사람이다. 임금까지도 그가 향가를 잘 짓는다는 사실을 알고 있었다. "스님의 시 「찬기파랑가」가 뜻이 매우 높다고 들었다"는 임금의 말에, 충담사는 태연히 "그렇다"고 대답할 정도이다. 충담사는 같은 시대를 산 월명사와 더불어 현재 전해지는 최고의 향가 시인이다.

「안민가」는 임금의 부탁으로 지어졌다. 경덕왕이 3월 3일 청명절에 깨끗한 제단을 차려 놓고 수행이 높은 스님을 찾았다. 마침 한 스님이 그 앞을 지나가는데, 삼태기 같은 앵통(바랑)을 짊어진 모양새가 초라하기 그지없었으나, 왕은 그를 적임자로 지목하였다. 사람을 알아보는 데에는 외모가 중요하지 않다. 9월 9일과 3월 3일에 남산의 삼화령에서 차를 달여 미륵세존께 드리고 온다는 이 스님이 충담사였다. 스님이 왕에게 대접한 차에서는 색다른 향기가 풍겨 나왔다.

차 한 잔까지 얻어 마신 왕은 내친 김에 자신을 위하여 백성을 다스려 편안히 할 노래를 지어 달라는 부탁까지 한다. 여기에 충담사가 화답하여 지은 향가가 바로 「안민가」이다.

충담사는 왕을 아버지, 신하를 어머니, 백성을 어린 자식에 비유한다. 고대 왕권 국가였기에 나올 법한 비유였으나, 왕과 신하 곧 권력을 잡고 있는 자들이 백성 위에서 군림하지 않고, 부모처럼 자애로운 존재라는 설정은 미덥기만 하다.

구물거리며 살아가는 이 세상의 모든 사람은 그 삶이 보잘것없는 백성이로되, 다스리는 자의 따사로움을 알고 믿고 따른다면 그들이 어디로 가겠는가. 백성이 없으면 나라의 근본이 흔들린다.

임금답게, 신하답게, 백성답게…… 이 말 이외에 무엇이 더 필요하겠는가.

찬기파랑가讚耆婆郎歌 | 충담사

열어젖히자
벗어나는 달이
흰구름 좇아 떠간 자리에
백사장 펼친 물가에
기랑의 모습이 겹쳐져라

일오천逸烏川 자갈벌
낭이 지니시오던
마음의 끝을 좇노라

아, 잣나무 가지가 높아
눈이라도 못 덮을 화랑이여.

오십사

咽嗚爾處米*

露曉邪隱月羅理

白雲音逐于浮去隱安支下

沙是八陵隱汀理也中

耆郎矣貌史是史藪邪

逸烏川*理叱磧惡希

郎也持以支如賜烏隱

心未際叱肹逐內良齊

阿耶　栢史叱枝次高支好

雪是毛冬乃乎尸花判也

* 咽嗚爾處米(열어젖히자) | 양주동이 해석한 '열치매'를 따랐다. 김완진은 "늣겨곰 ㅂ라매" 곧 "흐느끼며 바라보
니"라 하였고, 양희철은 "울음을 그치매"라고 하였다.
* 逸烏川(일오천) | 이에 대해서는 '일로나릿', '일오나릿' 등, 해석자들이 대부분 고유명사로 본다. 정확한 뜻은
잘 모른다.

이 노래가 바로 경덕왕을 감동시켰던 향가이다. 경덕왕은 이 시로 인해 충담사의 이름을 알게 되었다. 오늘날 신라 향가의 전편이 전해지지 않지만 비록 그렇다고 해도 이 노래를 최고의 작품에서 내려놓지 못할 것 같다.

기파랑은 신라시대의 대표적인 화랑 중 한 사람이다. 충담은 마지막에 승려의 신분으로 생애를 마쳤지만, 본디 화랑 출신이었을 것으로 보이고, 기파랑은 그가 따르던 상관이 아니었나 싶다. 예나 지금이나 윗사람을 찬양하는 시를 쓰기란 쉽지 않다. 넘치지도 모자라지도 않게 그리며 흠모하는 정을 담아내야 하기 때문이다. 이 점에서 충담의 시 쓰는 솜씨는 탁월하다.

노래의 서두에서 기파랑을 찬양하면서, 하늘의 흰 구름과 땅의 백사장이 가진 개결介潔함을 위 아래로 바탕에 깔고, 거기에 달빛의 은은함을 쏘아 묘사해 낸 솜씨는 일품이다. 기파랑의 성품이 그만큼 맑고 부드러웠다는 의미리라.

그러나 기파랑이 그렇게 맑고 부드러운 이미지만을 지닌 인물인가? 역전歷戰의 화랑이 그렇기만 했다면, 어떻게 삼국 통일의 위업을 달성하는 마당에서 혁혁한 전공을 올릴 수 있었겠는가? 마지막 행에 그렸듯이, 높이 솟은 잣나무 가지가 눈도 이겨 내고 꼿꼿한 것처럼, 기파랑은 굳세고 강인한 존재이다.

부드러움과 강인함의 조화. 이것은 곧 신라 사회를 구성하는 미의 근본이다. 저 불국사 석굴암의 부처님이 남자로 보기에는 부드럽고 여자로 보기에는 위의가 넘친다는 평처럼, 이 나라를 일으키고 지킨 조상들은 두 가지를 조화시켜 깊은 미의식을 창조해 낸 것이다.

천수대비가千手大悲歌* | 희명

무릎이 헐도록
두 손바닥 모아
천수관음 앞에
빌고 빌어 두노라

일천 개 손 일천 개 눈*
하나를 놓아 하나를 덜어
둘 없는 내라
한 개사 적이 헐어 주시려는가

아, 나에게 끼치신다면
어디에 쓸 자비라고 큰고.

膝肹古召旀*

二尸掌音毛乎支內良

千手觀音叱前良中

祈以支白屋尸置內乎多

千隱手　叱千隱目肹

一等下叱放一等肹除惡支

二于萬隱吾羅

一等沙隱賜以古只內乎叱等邪

阿邪也　吾良遺知支賜尸等焉

放冬矣用屋尸慈悲也根古

---

* 천수대비가(千手大悲歌) | 이 노래에는 도천수대비가(禱千手大悲歌) 곧 '천수관음보살에게 기도드리는 노래' 라
　는 뜻의 제목을 붙이기도 한다.
* 일천 개 손 일천 개 눈 | 千手千眼(천수천안), 천수천안관세음보살. 세상의 중생이 그의 이름을 불러 구원을 청
　하는 즉시 이뤄 주는, 대자대비에 철저한 보살이다.
* 古召旀(힐도록) | 이에 대해서는 '고조며(拱)', '구부리며', '낮추며' 등으로 해석하였는데, 원문의 고(古)를
　'힐다' 로 보아 새롭게 풀었다.

오십구

세상에 모정만큼 깊은 것이 어디 있겠는가. 희명希明이라는 여자의 딸아이는 눈이 멀어 앞을 보지 못했다. 차라리 자신이 당한 일이라면 참고 말겠지만, 한창 재롱을 부릴 여섯 살 난 딸아이가 갑자기 눈이 멀자, 어머니는 천지가 무너지는 슬픔을 느껴야만 했다.

어머니는 눈 먼 딸을 데리고 분황사 좌측 전각 북쪽에 그려진 천수관음 앞으로 갔다. 일천 개의 손과 일천 개의 눈을 가지고 중생을 구제한다는 관세음보살님이다. 이 보살에게 빌면 모든 소원이 이루어진다는 믿음이 어머니에게는 있었다. 어머니는 노래를 지어 아이와 함께 간절히 불렀다.

그리고 마침내 눈을 뜨게 되었다는 그 다음 이야기는 차라리 사족蛇足처럼 들린다. 이만한 정성 앞에 감동하지 않는다면 어디 부처님이랴.

천 개의 눈에서 하나만이라도 내어 주어 소원을 들어주기 바라는 지극한 마음이 노래에는 배어 있다. 그러면서 짐짓 희명은 엄포처럼 마지막 행을 맺는다. 어디에 쓰실 자비이기에 여기서 들어주지 않으시려는가 하고. 이는 마치 다음에 나오는 「원왕생가」에서, 광덕이 나를 버려두고 어찌 48대원을 이루시겠는가, 벼르는 대목과 닮아 있다.

여기서 우리는 이 노래와 배경 설화를 실은 일연의 마음을 헤아릴 필요가 있다. 『삼국유사』에는 홀어머니와 자식의 관계를 설정한 이야기가 유독 눈에 많이 띈다. 그 같은 이야기는 누구든 가슴을 쓸어내릴 소재이지만, 일연에게는 더욱 각별했다. 다름 아닌 자신의 처지가 그와 비슷한 까닭이다.

사실 눈 먼 딸은 일연 자신이요 희명은 그의 어머니이다. 이런 감정이입으로 이루어진 이야기요 노래임을 감안한다면 절절함은 더욱 커진다.

원왕생가 願往生歌 | 광덕

달아 이제
서방까지 가시거든
무량수 부처님 앞에
일러 주게 아뢰어 주시게

다짐 깊으신 세존 우러러
두 손 모두어 비옵나니
"원왕생, 왕생을 바랍니다."
그리워하는 사람 있다 아뢰어 주시게

아, 이 몸 버려두시고
마흔여덟 가지 큰 소원 이루실까.

月下伊底亦

西方*念丁去賜里遺

無量壽佛*前乃

惱叱古音多可支白遺賜立

誓音深史隱尊衣希仰支

兩手集刀花乎白良

願往生願往生

慕人有如白遺賜立

阿邪　此身遺也置遺

四十八大願*成遺賜去

* 西方(서방) | 중국과 우리나라를 기준으로 석가모니 부처님이 태어난 인도는 서쪽이다. 거기에 근거하여 서방은 부처님이 계시는 아미타정토로 여겼다.
* 無量壽佛(무량수 부처님) | 수명이 한없는 부처님. 곧 아미타 부처님을 일컫는다.
* 四十八大願(마흔여덟 가지 큰 소원) | 아미타 부처님이 모든 중생을 구하기 위하여 세운 마흔아홉 가지 서원(誓願). 석가모니 부처님이 제자인 아난에게 설법한 내용이다.

광덕廣德은 모진 사내이다. 밤마다 아내를 제쳐 놓고 단정히 앉아, 한결같은 소리로 아미타 부처님을 불렀으니 말이다. 밝은 달이 창에 비치면, 광덕은 그 빛을 받으며 가부좌 틀고 오래도록 앉아 있기도 했다. 분황사의 계집종 출신인 아내를 미워해서가 아니라, 이루고자 하는 소원이 깊었던 까닭이다.

엄장은 현실적인 사내이다. 엄장은 어느 날 광덕이 죽었다는 소식을 듣고 찾아가, 장례를 치른 다음 그의 아내를 거두어 왔다. 밤이 되어 엄장은 여자에게 동침을 요구했다. 그러나 광덕의 아내는 전혀 기쁘지 않은 표정이다. 도리어 광덕과 달리 세속의 인연만을 생각하는 엄장을 준엄히 꾸짖었다. 그러면서 그동안 광덕과 생활한 이야기를 해준다.

사실 광덕과 엄장은 약속한 바 있었다. 먼저 서방극락으로 가는 사람이 분명코 알리자 했던 것이다. 광덕은 그 약속을 지켰고, 엄장은 잠시 한눈을 팔았다. 아미타 서방정토에 왕생하기를 바라지만, 이를 적극적으로 실천한 사람과, 현실의 삶에 고단하게 매인 사람은 마지막의 자리가 서로 멀다.

그러나 엄장은 부끄러움을 아는 사내였다. 늦게나마 생각을 바꾸고 성실히 수행하여 마침내 친구의 뒤를 따랐던 것이다.

그렇다면 광덕과 엄장의 성불成佛은 한결같이 여자의 도움을 받은 셈이다. 『삼국유사』에서는 이 여자가 관음보살의 현신現身이라고 말한다.

우리는 노래의 첫 줄부터 달에게 의탁한 광덕의 간절한 소망을 읽을 수 있다. 한편으로는 그렇게 수행하는 자신에 대한 한없는 자존심이 넘쳐나고 있다. 나 아니고 누구를 극락왕생시키시겠냐는.

도솔가兜率歌 | 월명사

오늘 여기서 산화가*를 불러
솟아나게 한 꽃아, 너는
곧은 마음이 시키는 대로
미륵좌주 모셔 서 있어라.

今日此矣散花唱良
巴寶白乎隱*花良汝隱
直等隱心音矣命叱使以惡只
彌勒座主*陪立羅良

* 산화가(散花歌) | 내용이 전하지 않는 노래이다. 그러나 '산화'를 '흩어진 화랑'으로 보기도 한다.
* 巴寶白乎隱(솟아나게 한) | 이에 대해서는 '잡아 아뢰온'으로 보기도 한다.
* 彌勒座主(미륵좌주) | 미륵보살. 미륵보살은 석가모니를 이어 온다는 부처님이다. 지금 도솔천에 있으면서 설
  법하고 있다. 이를 구체적으로 경덕왕이라고 해석하는 학설도 있다.

월명月明은 신라 경덕왕 때의 승려이다. 경덕왕 때는 문무왕이 삼국을 통일한 지 70여 년쯤 지난 뒤이며, 바야흐로 통일신라의 문화가 화려하게 꽃피었던 시점이다.

그러나 웬일로 경덕왕이 다스리던 시기의 나라 안은 그다지 평안치 않았다. 괴이한 일이 겹치면서 왕의 근심이 쌓여 갔는데, 대낮에 해가 둘 나타나 공포에 떨게 한 사건도 그 중 하나이다. 경덕왕 19년(760년)의 일이다.

왕은 인연 있는 좋은 스님을 찾았다. 거기에 뽑힌 이가 월명사이다. 그런데 이 스님 말하기를, "저는 국선國仙, 곧 화랑의 무리에 속해 있어, 향가만 알 뿐 범성梵聲은 모릅니다"고 했다. 범성이란 산스크리트어로 부르는 일종의 기도문으로, 스님이라면 의당 기본적으로 닦아 놓아야 할 부분이었다. 이렇게 기본도 안 되어 있는 승려를 골랐다면 낭패가 아닐 수 없었다. 하지만 왕은, "이미 뽑힌 사람이니 향가라도 좋다"고 말한다. 그래서 지어진 노래가 바로 이 「도솔가」이다.

우리는 여기서 중요한 두 가지 사실을 알게 된다. 당대 승려 가운데 화랑 출신이 많았다는 점, 그리고 그들은 향가를 짓는 일에 능숙했는데, 이로 보아 향가의 주요 작가가 화랑 출신의 승려들이었을 가능성이 높다는 점이다.

「도솔가」는 넉 줄에 불과한 짧은 노래이지만, 단호함과 명백한 메시지가 담겨 있다. 여기 나오는 산화가散花歌란 꽃을 뿌리며 부르는 노래를 말하는데, 「도솔가」와는 분명히 구분해야 한다.

다만 꽃을 뿌리며 미륵좌주님을 모시는 정결한 의식이 형상화되어 있는 것을 노래에서는 "곧은 마음이 시키는 바"라고 하였다. 곧은 마음이 가는 곳, 그곳에 무슨 변괴가 두려우랴.

제망매가 祭亡妹歌 | 월명사

생사의 갈림길
여기 있으니 두려웁고
"나는 갑니다" 말도
못하고서 갔는가

어느 이른 가을바람 끝에
여기 저기 떨어지는 잎처럼
한 가지에 나고
가는 곳은 모르겠네

아, 미타찰 세상에 만날 나는
도 닦아 기다리리.

生死路隱

此矣有阿米次肹伊遣*

吾隱去內如辭叱都

毛如云遣去內尼叱古

於內秋察早隱風未

此矣彼矣浮良落尸葉如

一等隱枝良出古

去奴隱處毛冬乎丁

阿也 彌陀刹*良逢乎吾

道修良待是古如

* 次肹伊遣(두려웁고) | 양주동이 '저히고' 라 해석한 것을 따랐다. 그 밖에 '머무르게 하고', '머무적거리고', '머뭇거리고' 등으로도 해석한다.
* 彌陀刹(미타찰) | 미타정토. 아미타여래가 주관하는 서방의 극락세계.

육십구

「제망매가」는 서정 시가로서 신라 향가 최고의 작품이다. 월명사月明師는 죽은 누이를 위해 재를 올리면서 이 시를 썼다. 언뜻 보면 평범해 보이는 표현이지만 내면에는 속 깊은 울림이 있다. 구태여 요란을 떨지 않는 것이 진정성에 가까운 법이다.

삶의 고통은 죽음이라는 운명적 환경이 만들어 준 것으로, 도 닦는 사람이라고 해서 거기서 완전히 자유로울 수는 없다. 가을바람에 떨어지는 낙엽에 속절없는 인간의 생애를 비유한 솜씨가 비상하기만 하다.

그것도 다름 아닌 '이른 바람'이다. 아마도 이 대목이 시의 핵심이리라. 언젠가는 죽겠지만 이다지도 빨리 찾아온 죽음이 한 사람의 심금을 울린 것이 아니겠는가.

사실 이 시는 여덟째 행까지는 평범한 인간이 토로할 수 있는 슬픔을 절제된 감정 속에서도 마음껏 뱉어 놓고 있다. 한바탕 시원하게 운 셈이다. 그런데 그것으로 끝이라면 승려의 신분에 어울리지 않는 일, 아홉 번째 행에서 감탄사를 길게 뺀 다음 흩어진 감정을 추스른다. 다시 만날 것을 믿고 기다리는 마음이야말로 구도자이면서 시인으로서 그가 택할 최선의 길이다. 그 지점이 곧 한편의 시로 완성되는 순간이다.

배경 설화에 의하면 재를 마친 자리에 바람이 불어와 이 시를 적은 종이가 날아갔다고 한다. 종이가 날아간 곳은 서쪽 방향이다. 이 대목에서 『삼국유사』의 편찬자 일연은 다음과 같은 기록을 일부러 적어 넣고 있다.

"신라 사람들은 향가를 무척 높였거니와 …… 자주 천지와 귀신을 감동시키는 일이 한두 번이 아니었다."

혜성가彗星歌 | 융천사

예전 동해 바닷가
건달파乾達婆가 논 성을 바라보고
"왜군이 왔다"
봉홧불 피운 변방이 있었네

세 분 화랑 산 구경 오신단 말 듣고
달도 부지런히 등불을 켜는데*
길 쓸 별*을 바라보고
"혜성이여" 사뢴 사람이 있구나

아, 달은 떠서* 가 버렸더라
이보게들 무슨 혜성이 있단 겐가.

舊理東尸汀叱

乾達婆矣游烏隱城叱肹良望良古

倭理叱軍置來叱多

烽燒邪隱邊也藪耶

三花矣岳音見賜烏尸聞古

月置八切爾數於將來尸波衣

道尸掃尸星利望良古

彗星也白反也人是有叱多

後句　達阿羅浮去伊叱等邪

此也友物叱所音叱彗叱只有叱故

---

* 달도 부지런히 등불을 켜는데 | 이 대목을 김완진은 "달도 갈라 그어 갖아들려 하는데"로, 전혀 다른 해석을 하
  고 있다.
* 길 쓸 별 | 길을 쓰는 별. 해석은 분명하지만 뜻은 모호하다.
* 달은 떠서 | 황패강은 '달아나'라는 의태어로 보았다.

「혜성가」는 향가 중에서도 특이한 노래이다. 시 자체로는 해석되지 않는 대목이 많아, 배경 설화에 맞추어 뜻을 얼기설기 엮을 수밖에 없다.

정확한 연대는 알 수 없지만 신라 진평왕 때였다. 거열랑, 실처랑, 보동랑 세 사람의 화랑이 금강산으로 산행을 떠났다. 그런데 혜성이 나타나 심성 心星을 치는 것이 아닌가. 심성은 스물여덟 개의 별자리 중 하나로 신라를, 혜성은 일본을 상징하는 것이었다. 그러므로 혜성이 심성을 치는 것을 곧 왜군이 신라를 침입했다는 신호로 보는 것이다. 세 화랑은 즉시 산행을 중지하였다.

한편 융천사融天師가 이 소식을 듣고 노래를 지어 불렀더니 별의 괴변이 사라졌다. 이에 안도한 왕은 다시 세 화랑의 산행을 허가한다.

이것이 사실일까? 정말 왜군이 처들어오고, 하늘에 혜성으로 나타나 일본이 침입했다는 신호를 보냈으며, 융천사가 노래를 짓는 일만으로 적군이 길을 돌린 것일까?

배경 설화의 내용을 보면 그렇게 해석되지만, 노래의 이면에는 좀더 심각한 사실이 감추어져 있다. 다시 말해 왜군이 실제 침공을 했고, 그에 따른 피해는 상당했으며, 이를 물리치기 위하여 세 화랑이 출동을 했다. 노래는 이 같은 사실을 상징화했을 뿐이다.

건달파는 건달바성을 이르는 신기루이다. 신기루를 보고 왜군이 왔다고 호들갑을 떨지 말라든지, 산행 오는 화랑을 맞으려는 달이 무심히 떠 있는데, 사라진 혜성을 두고 뭐 그리 놀라느냐는 표현은 곧 변괴를 두려워 말라는 융천사의 차원 높은 응원이다.

출전하는 세 화랑에게 써 준 격려의 노래인 것이다. 이 노래가 퍼진 후에는 화랑들이 출정을 나갈 때마다 부르던 길노래였으리라 추정하는 이도 있다.

원가怨歌 | 신충*

좋은 잣은
가을이 와도 쉬 지지 않는다네
너 어찌 잊겠느냐
우러르던 낯이 계셨는데*
달그림자는 옛 못에
흐르는 물결을 애처로워하듯*
모습은 바라보지만
세상 모두 아쉽기만 할 뿐

(후구는 잃어버림)

物叱好支栢史

秋察尸不冬爾屋支墮米

汝於多支行齊敎因隱

仰頓隱面矣改衣賜乎隱冬矣也

月羅理影支古理因淵之叱

行尸浪　阿叱沙矣以支如支

貌史沙叱望阿乃

世理都　之叱逸烏隱第也

(後句亡)

* 신충(信忠) | 생몰년 미상. 739년(효성왕 3년)에 중시, 757년(경덕왕 16년)에 상대등이 되었다. 당시 최고 관직이다. 763년 이후 관직에서 물러나 경상남도 산청의 단속사에 머물렀다.
* 우러르던 낯이 계셨는데 | 김완진은 "낯이 변해 버린 겨울에여", 황패강은 "우러르던 낯은 변하셨도다" 하고 해석하였다.
* 흐르는 물결을 애처로워하듯 | 김완진은 "지나가는 물결에 대한 모래로다", 황패강은 "흐르는 물결엣 모래인 양"이라 해석하였다.

신충은 신라 효성왕 때 사람이다. 그는 왕이 아직 위位에 오르지 못하고 있을 무렵부터 절친한 사이였다.

어느 날 잣나무 잎이 우거진 그늘 아래서 둘은 바둑을 두었다. 이 패기만만한 왕자는 신충에게 이렇게 약속을 했다. "내 장차 왕위에 오르거든 그대를 잊지 않겠소. 내 이 잣나무에 대고 맹세하리다."

드디어 효성왕은 그 자리에 올랐다. 그러나 약속과는 달리 신충을 까맣게 잊어버렸다. 왕을 따랐던 여러 신하에게 공을 따져 상을 다 주었건만, 신충에게는 끝내 무소식이었던 것이다. 신충은 상심한 마음에 노래를 지어 옛날 왕과 함께 지내던 그 정원의 잣나무에 걸었다. 그 노래가 바로 「원가」이다.

가을 서리에도 변하지 않는 잣나무 같을 줄로만 알았던 왕과의 약속은 부질없었다. 연못에 비치는 달빛도 그 물이 흘러가면 자취가 없어져 버리는 것처럼 허망하다고 노래한다.

이런 뜻이 담긴 노래 「원가」를 불렀더니 생생하던 나뭇잎이 갑자기 말라 떨어져 버리는 것이 아닌가. 이 소식은 곧바로 왕에게 전해졌고, 왕은 곧 자신의 무심함을 반성하며 신충을 불러들였다.

그 같은 곡절을 거쳤지만 신충은 이후 벼슬길에서 탄탄대로를 걸었다. 효성왕뿐만 아니라 경덕왕 대까지 두 임금에 걸쳐 높은 직위에 있으면서 충직한 신하의 도리를 다했다.

그러나 신충은 말년에 이르러 깊은 깨달음을 얻는다. 세속의 명예와 권력이 좋다고 해도, 인생의 무상함을 무엇으로 해결할 수 있으랴. 경덕왕 22년, 두 친구와 더불어 벼슬을 그만두고, 산으로 들어가 절을 지어 그곳에 거처하며, 임금을 위해 복을 빌었다.

신충이 지은 이 절이 지금 경상남도 산청의 지리산 자락에 터만 남아 있는 단속사斷俗寺이다.

우적가遇賊歌 | 영재*

제 마음의
모습이 볼 수 없는 것인데,
일원조일日遠鳥逸 달이 난 것을 알고
지금은 수풀을 가고 있습니다

다만 잘못된 것은 강호님*,
머물게 하신들 놀라겠습니까
병기兵器를 마다하고
즐길 법法일랑 듣고 있는데

아아, 조그마한 선업*은
아직 턱도 없습니다.

自矣心米

貌史毛達只將來吞隱

日遠鳥逸 ■ ■ 過出知遣

今吞藪未去遣省如

但非乎隱焉破 ■ 主

次弗 ■ 史內於都還於尸朗也

此兵物叱沙過乎

好尸日沙也內乎吞尼

阿耶　唯只伊吾音之叱恨隱㴲陵隱

安支尙宅都乎隱以多

* 영재(永才) | 생몰년 미상. 신라 원성왕 때 승려.
* 강호(强豪)님 | 양주동은 원문의 '破 ■ 主'를 '破戒主'로 보았으나, 김완진은 '破家主'로 보아, 불교적 의미가 아
　닌, 집안을 부수는 무리, 곧 도적으로 해석했다. '강호님'은 도적의 우스꽝스러운 높임말.
* 선업(善業) | 착한 일을 하는 것. 또는 쌓음.

팔십일

깨진 글자가 세 군데나 있어서 해독에 어려움을 겪는 작품이다. 셋째 줄의 '일원조일'도 뜻이 명확하지 않다. 그런 까닭에 시의 내용을 온전히 알지 못하는 아쉬움이 있지만, 「우적가」는 지어진 배경과 더불어 소중한 가르침을 우리에게 준다.

영재는 세상의 사물에 얽매이지 않는 사람이었다. 그가 승려의 신분이었으므로 불교의 교리에도 마찬가지였을 것이다.

그런 그가 늘그막에 숨어 살고자 지리산을 찾아 큰 고개를 넘는데 도적 떼가 나타났다. 겁을 주고 가진 것을 빼앗으려 했지만 영재는 오히려 태연자약했다. 어리둥절해진 것은 도적들이었다. 천하의 영재를 몰라본 것은 도적들의 실수였다.

영재는 이 노래를 지어 그들을 조용히 타이른다.

나는 무기 따위 두려워 않는 사람인데, 그대들(시에서는 '강호'라는 점잖은 표현을 쓰고 있다.)도 즐거이 법을 듣는다면, 모두 나처럼 될 수 있다오.

그러나 그것도 자랑할 일은 못 된다. 마음의 모습은 어떻게 생긴 것인지 도대체 볼 수 없다는 첫 대목이나, 조그마한 선업을 행하고 자랑이나 늘어놓으랴 하는 마지막 대목을 음미해야 한다. 도의 큰길은 여전히 어려운 법이다.

노래를 듣고 감동한 도적들은 비단 두 필을 내놓는다. 영재는 웃으면서 말한다.

"재물이 지옥에 가는 근본임을 알고, 바야흐로 깊은 산중으로 피해 가서 일생을 보내려 하는데, 어떻게 감히 이것을 받겠는가?"

노래 한 곡에도 감동하는 도적들이나, 한 굽이 너머 두 굽이까지 내다보는 영재의 깨달음이나, 모두 놀라운 경지이다.

균여의 보현시원가

예경제불가

칭찬여래가

광수공양가

참회업장가

수희공덕가

청전법륜가

청불주세가

상수불학가

항순중생가

보개회향가

총결무진가

예경제불가 禮敬諸佛歌 | 균여*

마음의 붓으로
그리온 부처님 앞에
절하는 이 몸은
법계* 없어지도록 이르거라

티끌마다 부처 절이며
절마다 뫼셔 놓은
법계에 차신 부처
구세* 다하도록 절하옵저

아, 몸과 말과 뜻으로 짓는 업은 지치거나 싫지도 않네
이리 종지* 지어 있노라.*

心未筆留

慕呂白乎隱佛體前衣

拜內乎隱身萬隱

法界毛叱所只至去良

塵塵馬洛佛體叱刹亦

刹刹每如邀里白乎隱

法界滿賜隱佛體

九世盡良禮爲白齊

歎曰　身語意業无疲厭

此良夫作沙毛叱等耶

* 균여(均如) ｜ 923~973년. 고려 태조에서 광종까지 활동한 승려. 속성은 변씨였다. 황해도 황주 출신으로, 열다
　섯 살에 출가하여, 고려 화엄학의 대가로 크게 활약하였다.
* 법계(法界) ｜ 우주의 삼라만상이 모두 포함된 경계를 이른다.
* 구세(九世) ｜ 과거·현재·미래의 삼세(三世)가 그 안에서 각각 과거·현재·미래를 갖추므로 이른 말이다.
* 종지(宗旨) ｜ 중심 또는 근본이 되는 가르침.
* 이리 종지 지어 있노라. ｜ 양주동은 "부지런히 사모치리라" 하였다. 늘 예경(禮敬)한다는 뜻이다.

부처님의 양쪽에는 두 분의 보살이 있어 행원行願을 돕는다. 왼쪽이 문수보살, 오른쪽이 보현보살이다. 대체적으로 문수보살이 시작하는 자극을 준다면 보현보살은 마무리를 짓는다.

균여가 11편의 향가로 노래한 「보현행원품普賢行願品」은 바로 『화엄경華嚴經』에서 문수보살의 인도를 받은 선재 동자가 마지막으로 보현보살을 만나 가르침을 끝맺는 내용이다. 모두 열 가지로 나누어 노래 이름이 「보현시원가普賢十願歌」이다.

첫 노래인 「예경제불가」는 시방十方 삼세三世의 모든 부처님께 보현행원의 힘에 의지하여 마치 눈앞에 대한 듯이 정성껏 예경한다는 내용이다. 10편 노래 앞에 먼저 붙인 서시처럼 보이기도 한다.

부처를 사모하여 위하는 사람은 법계가 끝날 때까지 정성을 기울여야 함을 말하고, 사찰은 무궁무진하여 부처를 모셔 놓고 영원히 받들어야 하며, 전심전력으로 부처를 받들고 정성을 간단없이 행해 나가자고 말한다.

'마음의 붓'이라는 매력적인 표현이 눈길을 끈다. 무엇으로도 지워지지 않을 터이지만 마음이 떠나면 곧 그만이다. 그러기에 법계가 없어지도록 절하며, 지치거나 싫어하지 않으리라 다짐한다.

마음의 붓으로 그리는 부처님, 여기서 '그리다'는 모모慕(사모하다)와 화畵(색칠하다)의 두 가지 의미를 가진다 할 것이다.

칭찬여래가稱讚如來歌 | 균여

오늘 모인 무리들이
남무불*이여 사뢰는 혀에
다함없는 변재* 바다
일념 중에 솟아나거라

티끌마다 허물虛物마다 뫼시온
공덕신*을 대하오며
가이 없는 덕德의 바다를
의왕*들로 기리옵저

아, 터럭만 한 덕德도 반듯하게
못다 사뢴 너여.

今日部伊冬衣

南无佛也白孫舌良衣

無盡辯才叱海等

一念惡中涌出去良

塵塵虛物叱邀呂白乎隱

切德叱身乙對爲白惡只

際于萬隱德肹

間王冬留讚伊白制

隔句　必只一毛叱德置

毛等盡良白乎隱乃兮

고려시대 초반을 살다 간 균여는 화엄학의 대가였다. 그는 『화엄경』의 「보현행원품」이 모두 열 가지 종지宗旨를 드러내고, 이것이 화엄의 핵심이며 꽃임을 알았기에, 우리식 노래로 표현해 사람들이 쉽게 부르게 하였다.

그의 전기 『균여전』에는 이 노래가 종종 신비스런 효험을 가져다주었다고 쓰여 있다.

「칭찬여래가」는 바다와 같은 여래의 공덕으로 갖은 언사를 구사하여 찬탄한다는 내용이다. 불도들이 정성껏 나무아미타불을 부르면 끝없이 좋은 말씀이 입에서 샘솟듯 할 것이라 하고, 수많은 승려가 고대하는 공덕신과, 대할수록 기쁜 마음을 가지게 되는 덕의 바다를 칭송하며, 그럼에도 불구하고 시인 자신은 겨우 티끌만큼도 칭송하지 못함을 부끄러워한다고 말한다.

부처님과 부처님의 덕을 바다에 비유하면서 터럭만큼도 반듯이 사뢰지 못하는 자신을 극적으로 병치시키는 수사가 절묘하다.

이 시는 「보현행원품」의 '찬양분'을 거의 그대로 옮겨 놓고 있다. 물론 노래 부르는 이의 열정과 신앙심이 생동감 있게 표현되었다고 볼 수 있으나, 9~10행이 없었다면 노래로서의 기능을 다하지 못했을 것이다.

노래는 나를 고백하는 일이다. 9~10행의 고백이 이 노래를 경전 아닌 문학으로 바꾸어 놓았다.

광수공양가 廣修供養歌 | 균여

불 줄 잡고
불전등*을 고치는데
심지는 수미산*
기름은 큰 바다 이루었네

손은 법계 없어지기까지 하며
손*마다 법공*으로
법계 차신 부처
불불佛佛 온갖 공供 하옵저

아, 불공이야 많지만
저를 체득하여 최승공*이여.

火條執音馬

佛前燈乙直體良焉多衣

燈炷隱須彌也

燈油隱大海逸留去耶

手焉法界毛叱色只爲旀

手良每如法叱供乙留

法界滿賜仁佛體

佛佛周物叱供爲白制

阿耶　法供沙叱多奈

伊於衣波最勝供也

* 불전등(佛前燈) | 부처님 앞에 놓는 등불.
* 수미산(須彌山) | 인도 사람들이 상상으로 그리는 세계 중심의 산. 산 정상에 33천이 있다고 생각한다.
* 손(手) | 김완진은 이 글자의 한역(漢譯)에 따라 '향(香)'으로 고쳤다.
* 법공(法供) | 불교의 법으로 드리는 공양.
* 최승공(最勝供) | 가장 좋은 공양.

균여의 향가가 문학적으로 크게 평가를 받지 못하는 것은 사실이다. 노래를 지은 목적이 불교 포교에 도드라지기 때문이다. 예컨대 그의 향가에는 불교 용어가 바로 드러나는 한자어가 많이 쓰였다. 이것은 『삼국유사』에 실린 신라 향가와 비교된다. 시적인 표현으로 볼 때 치명적인 결함이 아닐 수 없다.

그러나 「광수공양가」에서는 현란한 수사의 사용으로 그 같은 약점이 많이 극복되었다.

내용은 모든 공양구를 가지고 부처님께 공양을 하되 그 중에서 법공양法供養보다 나은 것이 없다는, 조금은 단순한 흐름이다.

그러나 불전등으로 상징된 법공양을 심지는 수미산만 하고, 기름은 큰 바다와 같다는 비유를 하면서, 노래는 아연 명징한 의미 전달을 이루고 있다. 이어 세상을 구제하기 위해 성의를 다하여 덕을 쌓는 일에 온 힘을 기울이고, 모든 부처께 법공을 올리자고 말한다. 결론적으로 법공이 가장 좋은 공양임을 표현하고 있다.

불교에서 공양으로 주로 쓰이는 것은 향·꽃·차 등이다. 여기서는 등불을 피우고 있다.

등은 보리심이요, 심지는 대원大願이며, 기름은 대비심大悲心이다. 크나큰 자비심이 아름답고 밝은 빛을 내게 한다.

참회업장가 懺悔業障歌 | 균여

거꾸러지고 여의어
보리* 향한 길을 몰라 헤매니
짓게 되는 악업은
법계 넘어 나 있다

악한 버릇에 떨어지는 삼업三業
정계*의 기둥으로 지니고
오늘 우리 모두 바로 참회
시방* 부처님 아소서

아, 중생계 다하여 내 참회도 다하니
이제 길이 조물* 버릴지어다.

顚倒逸也

菩提向焉道乙迷波

造將來臥乎隱惡寸隱

法界餘音玉只出隱伊音叱如支

惡寸習落臥乎隱三業

淨戒叱主留卜以支乃遣只

今日部頓部叱懺悔

十方叱佛體閼遣只賜立

落句　衆生界盡我懺盡

來際永良造物捨齊

---

* 보리(菩提) | 불교 최고의 이상인 바른 깨달음의 지혜.
* 정계(淨戒) | 불교의 계율.
* 시방(十方) | 동·서·남·북의 사방과 건(乾)·곤(坤)·간(艮)·손(巽)의 사우(四隅) 및 상하를 아울러 이르는 말.
* 조물(造物) | 여러 가지 악한 업을 짓는 것.

앞서 말한 바대로 불교를 예찬하는 노래라는 한계에도 불구하고, 균여의 향가는 뜻이 깊고 문학적으로도 표현이 오묘하여, 많은 이에게 감동을 주며 공감을 얻고 있다.

향찰로 적혀 있던 것을, 같은 시대의 사람인 최행귀崔行歸가 균여의 향가는 중국의 그것에 비해 하나도 손색이 없음을 말하고, 한문으로 번역하여 널리 중국에까지 알렸다.

「참회업장가」는 삼업三業(탐욕, 성냄, 어리석음)이 몸과 마음에 죄를 짓게 했는데, 이제는 수행 정진으로 이것을 떨치고 청정한 보리심에 돌아간다는 내용을 표현하는 노래이다. 참회는 아름다운 일이다. "나는 나의 참회의 글을 한 줄에 주리자" — 윤동주의 「참회록」 중 한 구절이다.

여기서는 전도顚倒된 마음이 화두이다. 세상에서 거꾸러지고 여의었으니 악업을 짓기는 당연한 이치, 그러나 악업을 짓고도 부처님께 다시 나아갈 수 있다는 희망으로 정계淨戒를 지어 삼업을 떠나려는 것이요, 이 같은 우리의 참회는 이 세상이 다하는 날까지 계속되어야 한다고 다짐한다.

정계淨戒를 기둥 삼아 삼업을 떠나자는 가운데 부분의 표현이 눈물겹다.

한편 균여가 살았던 고려 광종(949~975년) 때의 혼란한 사회 현실을 두고, 그것을 '거꾸러지고 여의었다'고 표현했다는 학설이 있다. 광종 때는 특히 반역·무고·살상의 비극이 줄을 이었다. 그야말로 참회의 대상이다.

그래서 「보현시원가」 11수 가운데 이 노래가 아연 사회성을 띠면서 가장 중심적인 자리에 선다.

수희공덕가隨喜功德歌 | 균여

헤매임과 깨달음 하나인 것을
연기*의 법칙에서 찾아보니
부처되어 중생이 없어지기까지
내 몸 아닌 사람 있으리

닦으심은 바로 내 닦음인저
얻으실 이마다 사람이 없으니
어느 사람의 선업*들이야
기뻐함 아니 두리이까

아, 이리 비겨가면
질투하는 마음이 이르러 올까.

迷悟同體叱

緣起叱理良尋只見根

佛伊衆生毛叱所只

吾衣身不喩仁人音有叱下呂支

修叱賜乙隱頓部叱吾衣修叱孫丁

待賜伊馬落人米無叱昆只

於內人衣善陵等沙

不冬喜好尸置乎理叱過

後句　伊羅擬可行等

嫉妬叱心音至刀來去

＊ 연기(緣起) ｜ 모든 현상이 생겨나고 없어지는 법칙. 불교의 가장 중심된 교리이다.
＊ 선업(善業) ｜ 좋은 업. 좋은 과보(果報)를 받을 일. 정업(淨業).

최행귀는 균여의 향가 11편을 한시로 번역하면서 향가 형식에 대한 중요한 기록을 하나 남기고 있다. 삼구육명三句六名이라는 말이 그것이다. 이에 대해서는 여러 가지 설이 있으나, 향가 형식의 가장 특징적인 것, 곧 감탄사의 존재를 일컫는다고 보는 학설이 있다. 향가에서 감탄사가 지니는 기능과 역할이 매우 크므로, 무척 설득력 있는 주장이다.

삼구三句란 후구後句, 격구隔句, 낙구落句의 셋이요, 육명六名이란 탄왈歎曰, 병음病吟, 타심打心, 아야阿耶, 후언後言, 성상인城上人의 여섯이다. 표현이 다를 뿐 한결같이 감탄사이다. 이후 감탄사의 존재는 우리나라 시 형식의 중요한 요소가 되었다.

「수희공덕가」는 공덕을 기리는 노래이다. 그러나 여기서의 공덕은 내가 쌓는 공덕이 아니고 남이 쌓는 공덕을 말하는 것으로, 공덕을 쌓는 남의 선행에 대해 질투하는 마음을 버린다는 내용이다. 이 또한 참회의 하나이다.

첫 행의 "헤매임과 깨달음이 하나"라는 표현에 시의 주제 의식이 요약되어 나타난다.

중생이 곧 부처가 되는 불교의 교리는 곧 몸이 둘이 아니요 하나라는 사실의 변증법적인 설명이다. 깨달은 사람은 남이라는 대립된 존재를 생각하지 않으므로, 남의 선행을 기쁘게 여기지 않을 리 없다. 이런 생각을 가지고 도를 닦아 나간다면 결코 질투하는 마음이란 생기지 않는다고 맺고 있다.

연기의 법칙으로 선행을 두고 나와 남 사이의 거리를 없애는 뛰어난 시편이다.

청전법륜가 請轉法輪歌 | 균여

저 잇따르는

법계의 불회*에

나는 바로 나아가

법우*를 빌었노라

무명*토無明土 깊이 묻어

번뇌*열煩惱熱로 다려 내매

좋은 싹 못 기른

중생 밭을 적심이여

아, 보리菩提 열매 온전해지는

각월* 밝은 가을의 밭이여*.

彼仍反隱

法界惡之叱佛會阿希

吾焉頓叱進良只

法雨乙乞白乎叱等耶

無明土深以埋多

煩惱熱留煎將來出米

善芽毛冬長乙隱

衆生叱田乙潤只沙音也

後言　菩提叱菓音烏乙反隱

覺月明斤秋察羅波處也

---

* 불회(佛會) | 부처와 보살과 성인들이 모이는 곳으로, 곧 정토이다.
* 법우(法雨) | 부처의 법이 중생을 젖게 한다고 하여, 이를 비에 비유하였다.
* 무명(無明) | 어두워 여러 법의 이치를 밝게 깨치지 못함.
* 번뇌(煩惱) | 탐욕·성냄·바보스러움 등 여러 의혹이 마음을 번거롭게 하고 몸을 괴롭히는 상태.
* 각월(覺月) | 깨달음의 달. 깨달음을 달의 밝은 빛에 비유하였다.
* 밭이여 | 양주동의 해석을 따랐다. 김완진은 이를 '즐겁다'고 해석하였다.

균여 향가는 일반인들을 위해 우리글인 향찰로 적혀 있다. 이것은 대체로 입으로 부르는 것을 염두에 둔 결과였다.

그러나 때로 부적의 일종으로 균여의 향가를 글자로 적어 벽에 붙여 놓는 경우도 있었다. 영통사의 백운방이 오래되어 그 절의 스님이 수리를 했는데, 이 일 때문에 도리어 땅의 신에게 노여움을 얻게 되었다. 그러자 균여가 노래를 지어 절의 벽에 붙였더니 괴이한 일이 사라졌다. 그 같은 성격과 관련하여 실제 『화엄경』의 「보현행원품」은 밀교에서 적극적으로 받아들인 것으로 알려져 있다.

「청전법륜가」는 비의 상징이다.

보살이 대승의 실천으로서 중생에게 선근善根을 키워 나가라는 내용인데, 여기서는 법法을 '무명토를 깊이 묻고 번뇌열로 다려 내는 것'이라고 하였다. 중생들이 좋은 싹을 못 키우는 것은 그들의 밭이 무명토에다 번뇌열이 가득하기 때문이다.

그러므로 균여는 법회에 나갈 때마다 법우法雨가 가득 내려 중생들의 밭을 적셔 달라고 기원했다.

끝맺는 말에 이르면 표현은 더욱 시적이 된다. 농사의 계절 끝에 튼실한 열매가 달리듯, 깨달음의 달 밝은 계절이 오면 보리심의 열매가 가득하리라는 표현이 그것이다. 이것은 기원이 이루어지는 즐거움이다.

이 노래는 균여 11수 향가 중 높은 문학성을 가졌다든지, 문학적 독창성이 강하다는 평을 받고 있다.

청불주세가請佛住世歌 | 균여

모든 부처
비록 화연* 끝나 움직이시나
손을 비벼 울려서
세상에 머무르시게 하도다

밝는 아침 깜깜한 밤에
보리* 향하시는 벗 알았구나
이 사실 알게 되매
길 몰라 헤매는 무리여 서러우리

아, 우리 마음 물 맑으면
불영* 아니 응하시리.

皆佛體

必于化緣盡動賜隱乃

手乙寶非鳴良尒

世呂中止以友白乎等耶

曉留朝于萬夜未

向屋賜尸朋知良闕尸也

伊知皆矢爲米

道尸迷反群良哀呂舌

落句　吾里心音水淸等

佛影不冬應爲賜下呂

---

* 화연(化緣) | 부처와 보살이 중생을 교화하는 인연.
* 보리(菩提) | 향하시는 벗 알았구나 '보리'는 해석하면서 의미상 보탠 것이다. "알았구나"를 김완진은 "알아 고침
　　이여"로 해석하였다.
* 불영(佛影) | 부처의 그림자, 곧 '부처'와 같은 뜻.

부처님이 이 세상에 머물러 계셔 주기를 바라는 내용의 노래이다. 그러나 부처님은 본래 나고 죽음이 없이 언제나 이 세상에 계신다. 다만 사람의 마음이 맑으면 부처님이 언제 어디에나 계시고, 마음이 흐리면 부처님이 떠난 것으로 보일 뿐이다. 그러므로 마음을 맑게 하여 늘 부처님이 계시는 것을 보라는 권계이다.

「청불주세가」의 첫 부분에서 부처님은 세상에 대한 교화와 인연을 마쳤는지 이 세상을 떠나려 하고 있다. 그것을 깊이 간구하여 더 이 세상에 머물러 주시기를 간청한다.

실제 석가모니 부처가 세상을 떠나려 하자, 온 제자들은 '우리가 파산할 수밖에 없다'며, 머물기를 간청한 바 있다.

그 다음 부분에는, 아침과 저녁으로 정성껏 불도를 닦는 사람만이 부처의 가르침과 구원을 받게 될 것이니, 이 같은 사람과 견줄 때 길을 몰라 고해에 헤매는 사람들은 가련하기 그지없다는 표현을 쓰고 있다. 결론적으로 우리가 도를 부지런히 닦으면 부처님은 구원의 손길을 내줄 것이라는 확실한 믿음을 가지고 있다.

마지막 두 줄의 설의說疑가 이 노래에서 뛰어난 표현이다. 중생의 마음을 물에 비유한 이 구절은, 물이 맑으면 거기에 부처님의 그림자가 드리우리라는 표현을 쓰고 있다.

노래의 시간이 새벽에서 시작하여 아침을 거쳐 밤으로 이어지는 진행도 눈여겨볼 만하다.

상수불학가 常隨佛學歌 | 균여

우리 부처
모든 옛 누리 닦으려 하신
어려운 길* 고행*의 길을
나는 바로 좇아 벗 지어 있도다*

몸이 부서져 티끌 되어 가매
목숨을 베풀 사이에도
그리 모든 것 하는 일 지니리*
모든 부처도 그리 하시니로세

아, 불도佛道 향한 마음이시여
딴 길 비껴가지 않을진저.

我佛體

皆往焉世呂修將來賜留隱

難行苦行叱願乙

吾焉頓部叱逐好友伊音叱多

身靡只碎良只塵伊去米

命乙施好尸歲史中置

然叱皆好尸卜下里

皆佛體置然叱爲賜隱伊留兮

城上人　佛道向隱心下

他道不冬斜良只行齊

* 어려운 길 | 원문에서는 '난행(難行)'이라 하였다. 극히 괴로워 실천이 어려운 수행을 말한다.
* 고행 | 소원을 성취하기 위하여 몸과 마음을 괴롭히는 수행. 단식이나 신체적 학대 등이 있다.
* 나는 바로 좇아 벗 지어 있도다 | 김완진의 해석을 따랐다. 양주동은 "좇으오리라"라고 해석하였다.
* 그리 모든 것 하는 일 지니리 | 김완진의 해석을 따랐다. 양주동은 "그렇게 함을 배우리라"라고 해석하였다.

득도에 이르기까지 부처님의 고행은 이루 다 헤아릴 수 없다. 서른에 수행을 시작하여 득도하고, 여든에 입적하기까지 부처가 베푼 교화의 여행도 고난이기는 마찬가지였다.

실제 「행원품」에서는, "살가죽을 벗겨 종이를 삼고, 뼈를 쪼개서 붓을 삼고, 피를 뽑아 먹물을 삼아 경전 쓰기를 수미산 높이만큼 하고"라는 구절이 보인다. 부처님의 이 같은 고행은 그 이후 많은 불제자에게 용맹 정진하는 모범이 되어 주었다.

「상수불학가」는 부처님의 이 같은 고행을 순순히 따라가며, 온몸을 바쳐 한길을 걷겠다는 다짐의 내용이다. 여러 부처가 가는 길은 오직 난행과 고행을 길동무로 하였음을 말하고, 선행한 좋은 벗들의 뒤를 따라가다 보면 몸이 티끌이 될 지경이지만, 난행과 고행을 하는 것은 실상 모든 부처가 다 이러한 시련을 겪고서 득도했기 때문이라고 하였다. 마지막으로 이와 같이 불도를 향하는 마음에 다른 길로 빠지지 않겠다는 다짐을 한다.

부처님은 제자들에게 마지막으로 유언하기를 용맹 정진하라 하였다. 무소의 뿔처럼 혼자서 가라고 하였다.

고행과 난행 앞에 좌절하거나 비껴가지 않는 것, 그것이 바로 용맹 정진이다.

항순중생가 恒順衆生歌 | 균여

보리수 왕*은
미혹한 중생을 뿌리 삼으시니라
대비* 눈물로 젖어서*
이울지 아니하는 것이더라

법계 가득 구물구물
하거늘 나도 함께 살고 함께 죽고
생각마다 이어져 끊이지 않음이여
부처 되려 하느냐 공경했도다*

아, 중생 편안하면
부처 바로 기뻐하시리로다.

覺樹王焉

迷火隱乙根中沙音賜焉逸良

大悲叱水留潤良只

不冬萎玉內乎留叱等耶

法界居得丘物叱丘物叱

爲乙吾置同生同死

念念相續无間斷

佛體爲尸如敬叱好叱等耶

打心　衆生安爲飛等

佛體頓叱喜賜以留也

『화엄경』에서 비유하는 이타행利他行은 화려하기 그지없다. 자리리타自利利他를 불교의 근본행실이라 하거니와, 스스로에게 이익이 되고, 남에게도 이익을 주는 것이야말로 넉넉하고 편안하다. 거기서 궁극의 목표는 이타임에 틀림없다.

생사의 바다에 버려져 의지할 데 없는 것을 광야, 선근善根을 내지 않는 것을 사막에다 비유한다. 이 같은 광야와 사막에서 한 그루 나무가 번창한다. 부처님의 보리 법은 대수왕大樹王, 지혜선정智慧禪定은 가지와 잎, 보살의 배움은 꽃, 여러 부처님이 배움을 증명한 것은 열매이다. 그리고 일체중생은 뿌리요 여기에 베풀어지는 큰 자비는 물로 비유된다.

항순중생恒順衆生, 항상 중생을 따르는 것은 이타행의 구체적인 모습이다. 중생이 없다면 보살도 제 할 일을 찾지 못하는 법이다. 자비의 물을 부어 중생의 선근이 자라도록 하는 일이 곧 보살의 임무이기도 하다.

「항순중생가」는 한번 부처님을 접하게 되면 미혹에 빠지지 않게 되며, 법계 안에 가득 구물구물 살아가는 중생들은 함께 살고 함께 죽으며 부처가 되기 위해 노력한다는 내용이다. 그러므로 중생의 삶이 편안하면 부처도 기뻐할 것이다.

이 노래에서는 신라 향가 「안민가安民歌」의 틀을 보는 듯하다.

충담사는 「안민가」에서, "구물구물 살아가는 물생物生 / 이들을 먹이고 다스리라" 하였다. 그래서 "임금답게 신하답게 백성답게 / 한다면, 나라는 태평하리니"라고 노래를 맺는데, 이는 다분히 『화엄경』의 '항순중생'을 형상화한 것이다.

보개회향가 普皆廻向歌 | 균여

모든 나의 닦을 손
일체 선업善業 바로 돌려
중생 바다 가운데
미혹한 무리 없이 깨닫게 하려 하노라

부처 바다 이룬 날은
참회하던 악한 업도
법성* 집의 보배라
예로 그러하시도다

아, 절 하옵는 부처도
내 몸 접어놓고 딴 사람 있으리.*

皆吾衣修孫

一切善陵頓部叱廻良只

衆生叱海惡中

迷反群无史悟內去齊

佛體叱海等成留焉日尸恨

懺爲如乎仁德寸業置

法性叱宅阿叱寶良

舊留然叱爲事置耶

病吟　禮爲白孫佛體刀

吾衣身伊波人有叱下呂

열 번째 노래 「보개회향가」는 실질적으로 균여의 11편의 향가 중 마지막에 놓인다. 회향廻向은 자기가 닦은 공덕을 중생에게 돌려 중생의 극락왕생에 이바지한다는 것으로, 불교에서 가장 중요한 덕목으로 친다. 회향이야말로 이타행利他行의 절정인 것이다.

「보개회향가」는 누구나 닦아야 할 일체 자비심을 중생에게 돌려, 중생들이 악한 바다에서 헤매지 않도록 구제해 내자는 염원을 담으면서 시작한다. 악한 업만 쌓는 중생들도 참회하면 부처의 바다를 이룰 소중한 존재들이며, 부처도 이 같은 우리를 버려두지 않으리라는 선언적 말씀으로 끝을 맺고 있다.

마지막 두 행은,

아, 이 몸 버려두시고
마흔여덟 가지
큰 소원 이루실까

라는 신라 향가 「원왕생가」의 마지막 부분을 연상시킨다.

정한 바 계율을 몸소 실천해 가는 사람들은 한 가지 자신감에 넘친다. 바로 이 길이 성불成佛에 이를 수 있는 바른 길이니, 다른 마음을 가지지 않고, 다른 길에 한 눈 팔지 않고 용맹 정진한다는 것이다. 이런 나를 접어놓고 부처님이 다른 사람을 찾겠느냐는 믿음이다.

교만과는 다른 어떤 것, 그것이 수행자가 가지는 자랑이다. 그런 자신을 부처님이 결코 외면하지 못하리라는 믿음인 것이다.

竹青風自薰

辛酉秋
逸君

총결무진가 總結無盡歌 | 균여

생계* 다한다면
내 원願 다할 날도 있으련만
중생 다시 살게 하려 있노라니
갓 모르는 원해*이고

이처럼 여겨 저리 행해 가니
향한 곳마다 선업善業의 길이요
이 보오 보현원행普賢願行은
또 모두 부처의 일이로다

아, 보현 마음에 괴어*
저 밖의 다른 일* 버릴진저.

백이십사

生界盡尸等隱

吾衣願盡尸日置仁伊而也

衆生叱邊衣于音毛

際毛冬留願海伊過

此如趣可伊羅行根

向乎仁所留善陵道也

伊波普賢行願

又都佛體叱事伊置耶

阿耶　普賢叱心音阿于波

伊留叱餘音良他事捨齊

* 생계(生界) ｜ 중생이 사는 이 세상. 중생계(衆生界).
* 원해(願海) ｜ 행원(行願)의 광대함을 나타내기 위해 바다에 비유하였다.
* 보현 마음에 괴어 ｜ 양주동은 "보현보살의 마음을 알아서"라고 해석하였다.
* 저 밖의 다른 일 ｜ 양주동은 "이로써 다른 일은"이라고 해석하였다.

「총결무진가」는 균여가 지은 「보현시원가」의 마지막 편으로 맺는 노래이다. 그러므로 「행원품소行願品疏」의 열 가지 행원을 따라 노래한 앞의 경우와는 달리 순수한 균여의 창작물이다. 열 가지 행원을 끝까지 쉼 없이 실천해 나가겠다는 의지를 담고 있다.

중생계가 끝나면 우리의 염원도 끝날 것처럼 생각된다. 그러나 끝 모르는 바다처럼 염원은 그렇게 쉽게 끝나지 않는다. 꾸준히 염을 세우고 도를 닦아 나가야만 자비의 길이 열릴 것이라고 하였다. 그러므로 보현보살의 마음을 알고, 행원을 늘 읽고 새기며, 다른 일은 모두 잊어버리라고 권유하고 있다.

중생제도衆生濟度를 목표로 한 균여의 노래는 부처와 중생들에 대한 마음과 정성에서 지극하기 그지없다. 그가 선정禪定의 여가에 좋은 시를 지어 교화의 몫으로 삼았거니와, 「보현시원가」이 11편으로 진수를 보이고 있다.

사람은 갔으되 노래는 남아 천 년을 두고 불린다.

한
시

우중문에게遺于仲文 | 을지문덕*

신비로운 계책은 하늘의 흐름을 알아서 하고
기묘한 꾀는 땅의 이치를 다 알아서 하는 게지
싸움에서 이긴 공 높을 수밖에 없겠네
그만하면 족하니 이제 그치는 게 어떠한지.

神策究天文*
妙算窮地理*
戰勝功旣高
知足*願云*止

* 을지문덕(乙支文德) | 생몰년 미상. 집안에 대해서도 자세하지 않다. 『삼국사기』에서는 지략과 문무를 겸비한
  인물이라 평하고 있는데, 살수대첩을 승리로 이끈 명장이다.
* 天文(천문) | 천체의 온갖 형상.
* 地理(지리) | 땅에서 벌어지는 온갖 일의 흐름.
* 知足(지족) | 노자의 『도덕경』에, "知足不辱(족함을 알면 욕되지 않고), 知止不殆(그칠 줄 알면 위태롭지 않다)"
  라는 말이 있다.
* 云(운) | 언(言)으로 표기된 자료도 있다.

자랑스러운 대제국 고구려. 우리 민족의 영토가 조그마한 땅덩어리 한반도에 그치지 않았음을 그들이 이미 입증하였으므로 우리는 대제국 고구려를 자랑스러워한다.

기상이 굳세고 호방한 나라 고구려를 떠올리면 자연스레 을지문덕 장군의 모습이 그려진다. 고구려가 대제국이라고는 하지만 중국은 그보다 더한 나라였는데, 그 같은 대국 앞에서도 의연했던 것은 단순히 힘만으로 가능하지 않았다.

중국의 수隋나라는 남북조시대 오랜 혼란기를 끝내고 중원을 평정한 강력한 국가였다. 드디어 612년(영양왕 23년), 수나라는 우중문을 장수로 삼아 고구려를 침공했고, 평양성 가까이에 이르렀다.

대제국 수나라 군대와 싸움을 벌이는 을지문덕은 우선 심리전에서 그들을 제압했다. 옛 병법가가 말했지만, 명장은 싸우지 않고 이기는 자라 하였다.

「우중문에게」의 처음 두 행에서 을지문덕은 수나라 장수 우중문을 한껏 치켜세운다. '하늘과 땅의 이치를 아는 장수'라 했으니 이보다 더한 예우가 어디 있겠는가. 우중문이 이 시를 읽어 내려가면서 경계와 의심의 눈초리를 한풀 꺾었을 법하다. 세 번째 행은 그 절정이다.

그러나 마지막 행이 기다리고 있다. 족한 줄 알고 그만 그치라는 한마디는 수많은 뜻을 포함하고 있다. 상대방을 깎아 내리려는 비아냥거림도, 거꾸러뜨리겠다는 위협도 아니다.

을지문덕은 전쟁이라는 기본적인 문제에 천착하고 있다. 국가 간의 불협화는 어느 때나 있는 법이지만 그것은 싸움으로만 해결될 일이겠는가. 정녕 싸우자면 이길 수도 있으나 싸움은 싸움을 부를 뿐 바람직한 방법이 아니다. 궁극적인 방안을 제시하는 을지문덕의 심중은 깊은 것이었다.

외로운 돌 孤石 | 정법사*

우뚝한 바위 곧추 공중에 솟아
드넓은 호수 사방으로 굽어보네
바위 모서리 언제나 물결이 찰랑이고
나무 끝을 흔드는 바람도 잠재우는구나

물 위에 엎어진 그림자 맑고
노을 진 바위 결 붉기만 하다
홀로 솟았어라, 뭇 봉우리 위에
흰 구름마저 뚫고 올라선 외로움이여.

向石直生空

平湖四望通

岩陳猥灑浪[*]

樹杪鎭搖風

偃流還清影

侵霞更上紅[*]

獨拔群峰外

孤秀白雲中

* 정법사(定法師) | 고구려 평원왕(559~589년) 때의 승려. 후주(後周)에 들어가 유학하였다.
* 灑浪(쇄랑) | 물결이 깨끗하고 산뜻한 모양.
* 上紅(상홍) | 붉은 꽃 가운데서도 가장 붉은 것.

정법사는 6세기경에 활동한 고구려의 승려이다. 다만 개인적인 내력에 대해서는 그다지 알려지지 않았다.

「외로운 돌」은 정법사가 중국에 가 있을 때, 어느 호숫가의 자연 풍경을 보고 읊은 것이라 한다. 바위를 가운데 둔 풍경은 수직적이고 수평적으로 펼쳐져 있다. 하늘은 드높고 호수는 사방으로 툭 트였다. 호수의 물결이 반짝이며 찰랑이는데, 나뭇가지 끝에는 바람이 인다. 그 같은 호수에 그림자가 맑게 비치는가 하면, 노을이 비끼자 붉은빛이 거기에 서린다. 매우 신비스러우면서도 사실적인 묘사이다.

이런 묘사가 궁극적으로 찾아가는 것은 무엇일까. 바위의 웅장한 모습이다. 뭇 봉우리도 눈 아래 굽어보고, 구름을 뚫고 솟아오른 광경은, 구원久遠을 바라보는 구도자의 의지를 나타낸 것 같다. 세속의 인연을 멀리하려는 시인의 의지를 바위에 투영한 것이다.

현대시에서 말하는 이른 바 감정이입의 표현도 보인다. 사람 아닌 생물이나 무생물에 자신의 감정을 투입하여 보는 저변에는 인간이 이를 수 없는, 그러나 끝내 이르고 싶은 의지가 깔려 있기도 하다.

머나먼 고행 길에 승려는 이국 땅 너른 호숫가에서 우뚝 솟은 바위를 발견한다. 땅 아래 맑은 물결도, 하늘의 소슬한 바람도 개의치 않는 의연한 모습의 바위를 묘사한 것은 승려의 마음이 그렇기 때문이다.

"내 죽으면 한 개 바위가 되리라 / …… / 꿈꾸어도 노래하지 않고 / 두 쪽으로 깨트려도 / 소리하지 않는 바위가 되리라."

다시 천 년 뒤에 나온 시인 유치환(1908~67년)은 바위를 이렇게 노래했다.

분에 차서 憤怨詩 | 왕거인[*]

우공이 목놓아 울었을 때 삼 년 내내 가물었고
추연이 슬퍼 울 제 오월에 서리 내렸네
이제 내 깊은 설움 도리어 옛과 같으나
하늘은 말이 없고 그저 푸르기만 하네.

于公[*]慟哭三年旱
鄒衍[*]含悲五月霜
今我幽愁還[*]似古
皇天[*]無語但蒼蒼

[*] 왕거인(王居仁) | 생몰년 미상. 신라 하대의 문인. 유교를 새로 받아들여, 부패한 지배 집단을 비판하던 신진 지
식계급의 한 사람으로 보인다.
[*] 于公(우공) | 한(漢)나라 때 동해 사람. 공평하고 자비로운 판관이었다. 그 아들 정국(定國)이 크게 출세해 승상
이 되었다.
[*] 鄒衍(추연) | 전국시대 제(齊)나라의 음양오행가. 왕조의 흥망을 토·목·금·화·수의 오행(五行)으로 푼 종시
오덕설(終始五德說)이 유명하다.
[*] 還(환) | 도리어. 마치.
[*] 皇天(황천) | 하늘의 경칭. 하늘을 주재하는 신.

왕거인은 신라 진성여왕(887~896년) 때의 문인이다. 진성여왕은 제대로 국정을 펼치지 못했을 뿐만 아니라, 신라시대 여왕 중에서도 가장 타락했기에, 신라 말기의 부패한 사회는 더욱 어지러워질 수밖에 없었다.

길거리에는 진성여왕을 비방하는 글이 자주 나붙었다. 노래의 가사는 불교의 다라니를 빌린 것이었다. 그러나 여왕은 이 일을 왕거인이 한 것으로 짐작하고 그를 감옥에 가두었다. 억울함을 느낀 왕거인은 위의 시를 지어 감방의 벽에 붙였다고 한다.

왕거인은 시 속에서 우공과 추연 두 사람을 끌어들이고 있다.

우공은 중국 한漢나라 때의 지방 장관이었다. 마침 그 마을에 주청이라는 여자가 시누이의 고자질로 시어머니를 죽였다는 누명을 쓰고 억울하게 사형을 당하였다. 우공은 그 잘못을 알고 통곡하였는데, 하늘도 억울함을 알아주어 3년간 비를 내리지 않았다. 추연은 중국 제齊나라 사람으로, 변방을 다스리는 공이 있었는데도 왕에게 잘못 보여 옥에 갇히게 되자, 하늘이 그 억울함을 알아 5월인데 서리를 내렸다.

왕거인이 시의 앞부분에 두 사람의 경우를 내세운 데는 그만한 이유가 있다.

그는 지금 사필귀정事必歸正을 생각하고 있다. 비록 억울한 일을 당하여도 하늘만은 그것을 알아주리라는 믿음이다. 그러나 왕거인에게 그것은 부질없는 일이었다. 비를 내리지 않든지 서리가 내리든지 해서, 자신의 무고함을 밝힐 하늘의 조치가 있어야 하는데, 하늘은 무심히 아무 말 없고 푸르기만 하다.

그러나 그렇기에 시가 되었다. 하늘의 응징이란 즉시 이루어지지도 않지만, 사실 판단의 기준은 사람의 마음에 있다. 시인은 그것을 원망으로 표현하고 있을 뿐이다.

다시 세상으로 돌아가며 返俗謠 | 설요

구름 같은 마음 되었네, 정숙하게 살아가고자
쓸쓸한 골짜기여, 사람 하나 안 보이고
어여쁜 풀은 아름답구나, 무더기 무더기 피자 하니
아 어찌 하리, 젊은 이 청춘.

化雲心兮思淑貞
洞*寂寞兮不見人
瑤草*芳兮思芬薀*
將奈何*兮靑春

* 洞(동) | 여기서는 깊은 골짜기라는 뜻.
* 瑤草(요초) | 아름다운 풀. 요(瑤)는 초(草)를 꾸미는 미칭이다.
* 芬薀(분온) | 기운이 왕성한 모양. 분(芬)은 막 나기 시작한 풀에서 나는 향기.
* 將奈何(장내하) | 장차 어찌 하리.

백삼십육

모름지기 성직자의 생활이란 함부로 들어서기 어렵다. 세상의 이속을 떠나 신성하게 살아가는 일이 겉으로 보기에 아름다워 보이지만, 이겨내야 할 유혹이 한두 가지가 아니기 때문이다. 인간의 천부적인 욕망을 끊기가 어찌 쉽겠는가.

설요薛瑤는 9세기경의 신라 여자이다. 열다섯 살에 비구니가 되어 6년 동안 승려 생활을 했는데, 스무 살의 피 끓는 열정을 감내하기 어려웠던 모양이다. 그 같은 마음이 이 시에 고스란히 표현되어 있다.

구름雲은 승려 생활을 비유하는 단어로 흔히 쓰인다. 운수행각雲水行脚, 구름처럼 물처럼 떠다니고 흘러 다니는 생활이다.

그러기 위해서는 승려들의 생각은 맑고 조신해야 한다. 그러나 적막한 산골의 분위기를 즐기기에 설요는 너무나 젊은 여자였다. 어여쁜 풀들도 홀로 피지 않고 무더기 무더기 모여 있듯이, 설요에게는 사람들이 사는 마을의 그 체취가 그리울 뿐이다.

이 같은 의미를 부여하기에 이 원문의 세 번째 행에서 '분온芬蕰'을 무더기 무더기 핀 꽃에 마음이 끌리는 것으로 번역하였다.

설요는 결국 승려 생활을 청산했다. 처음 승려가 된 나이로 보건대, 자의에 의한 입산이 아니었을 가능성이 높다. 환속하면서 이만큼 자신의 심정을 묘사하는 능력을 보자면, 그는 세속에서 시인으로 살아갈 운명이었는지 모른다.

서번 가는 사신을 만나 逢漢使入蕃 | 혜초*

그대 서번이 멀다 한숨짓는가
나는 탄식하네 동쪽 길 아득하여
길은 거칠고 설령雪嶺 높은데
험한 골짝 물가에 도적 떼 소리치네

새는 날아가다 벼랑 보고 놀라고
사람도 가다 길을 잃는 곳
한 생애 눈물 닦을 일 없더니
오늘은 천 갈래 쏟아지네.

君恨西蕃*遠

余嗟東路長

道荒宏雪嶺*

險澗賊途倡

鳥飛驚峭嶷*

人去偏雖樑

平生不揔淚

今日灑千行

* 혜초(慧超) | 704~787년. 신라시대의 승려. 밀교를 연구하였고, 인도 여행기인 『왕오천축국전』을 남기고 있다.
719년 중국의 광주에서 인도 승려 금강지에게 배웠고, 723년경에 4년 정도 인도 여행을 한 뒤, 733년에 장안의
천복사에 거주하였으며, 780년에는 오대산에서 거주하였다.
* 西蕃(서번) | 서쪽 오랑캐 나라. 토번. 지금의 서장. 이때는 인도와 중국 사이에서 두 나라의 문물을 교류하며
번성하였다.
* 雪嶺(설령) | 눈 쌓인 봉우리. 여기서는 히말라야 산맥.
* 峭嶷(초억) | 가파른 산. 벼랑.

혜초가 언제 어떤 연유로 중국을 가게 되었는지는 자세하지 않다. 기록으로 그가 중국 밀교의 초조初祖 금강지金剛智의 문하에 들어간 것이 719년, 곧 그의 나이 열다섯 살일 때인 것으로 알려져 있다. 금강지는 인도 출신의 승려이다.

스승의 문하에서 5년을 수학한 혜초는 감연히 인도 여행을 떠난다. 갈 때는 해로로, 돌아올 때는 육로를 이용했을 것으로 추정하고 있다.

그가 남긴 『왕오천축국전往五天竺國傳』은 오늘날 우리에게 8세기경의 인도 풍경을 소략하게나마 전해 주는 유일한 기록이다. 물론 그의 존재는 1908년 프랑스 탐험가 펠리오(P. Pelliot)의 돈황석굴 발견과, 1909년 중국인 나진옥羅振玉의 손을 거쳐, 1915년 일본인 다카쿠스 준지로高楠順次郎의 노력으로 세상에 알려졌다. 천 년 세월의 긴 잠을 잔 책이 바로 『왕오천축국전』이다.

한참 인도 여행이 무르익을 무렵, 혜초는 우연히 중국을 출발하여 서번으로 가는 사신을 만나게 된다. 「서번 가는 사신을 만나」의 세 번째 행에 나오는 '설령'은 눈 덮인 히말라야 산을 일컫는다. 도적 떼 출몰하는 계곡이기에 대제국의 사신답지 않게 코를 빼고 가고 있다. 처량한 모습이다. 그러나 하늘 나는 새마저 놀라는 길을 사람이 무슨 재주로 편히 지날 수 있겠는가.

불자인 혜초마저 펑펑 눈물을 쏟는다. 그런 고행의 대가代價였을까, 혜초는 귀국하여 스승의 총애 아래 수행 정진하여, 중국 밀교의 정통으로 일컬어지는 금강지 불공不空 법맥을 잇는 제자로 우뚝 섰다.

슬픈 죽음便題四韻以悲冥路 | 혜초

고향에선 주인 없는 등불만 반짝이리
이국 땅 보배로운 나무 꺾이었는데
그대의 영혼 어디로 갔는가
옥 같은 모습 이미 재가 되었거늘

생각느니 서러운 정 애끊고
그대 소망 이루지 못함을 슬퍼하노라
누가 알리오, 고향 가는 길
흰 구름만 부질없이 바라보는 마음.

故里*燈無主
他方寶樹摧
神靈*去何處
玉貌已成灰
憶想哀情切
悲君願不隨
孰知鄉國路
空*見白雲歸

* 故里(고리) | 고향.
* 神靈(신령) | 여기서는 인도에서 생을 마감한 승려들을 일컫는다.
* 空(공) | 부질없다.

일연의 『삼국유사』 가운데 「귀축제사歸竺諸師」조에는 인도 기행을 떠난 승려들의 아름답고도 장한 이야기가 자세히 실려 있다. 요즈음도 인도 기행이 상당한 붐을 이루지만, 당대 승려들의 여행은 그야말로 목숨을 건 것이었다. 목숨을 건 여행의 시종기始終記, 그러나 거기에는 어떤 스릴러 영화의 라스트 신과 달리 살아남은 주인공이 아무도 없다.

혜초慧超는 동천축국과 중천축국을 지나 남천축국으로 향하였다. 그의 나이 이십대 초반. 막 스물 접어들어 여행을 떠나 동서남북중의 다섯 군데로 나뉜 인도를 4년에 걸쳐 여행을 했다. 이미 동천축국과 중천축국에서 쿠시나가라, 바라나시, 라자그리하, 룸비니 등 이름만 들어도 설레는 불교의 성지를 둘러본 다음이었다.

그리고 혜초가 북천축국에 이르렀을 때 여행은 막바지로 치닫고 있었다. 그곳의 한 절에서 덕망 높은 승려 한 사람이 고국으로 돌아가려다 뜻을 이루지 못하고 죽었다는 말을 듣는다. 위의 시는 그에 대한 뜨거운 애도의 노래이다.

일연은 「귀축제사」조의 끝에 이런 시 한 구절을 남겼다.

> 외로운 배 달빛 타고 몇 번이나 떠나갔건만
> 이제껏 구름 따라 한 석장 돌아옴을 보지 못했네
> 幾回月送孤帆去
> 未見雲隨一杖還

달빛 타고 떠나간 순례자(석장)들은 구름 따라 돌아온 이 아무도 없다.

혜초는 "고향에선 주인 없는 등불만 반짝이리"라는 첫 행부터 사람의 애를 끊는 표현으로 시작한다. 만약 이 시를 좋아하게 된 이유를 말하라면,

나는 이 한 줄을 대는 것으로 족하다고 본다.

혜초의 시 가운데는 굳건한 순례자의 묘사가 없는 바 아니다.

찬 눈은 얼음과 엉기어 붙었고
찬바람은 땅을 가르도록 매섭다
넓은 바다 얼어서 단을 이루고
강은 낭떠러지를 깎아만 간다

겨울날 투가라국에 있을 때 눈을 만나 그 소회를 읊은 것이다. 구절마다 목숨을 건 결의가 엿보인다.

그러나 세상의 진리를 찾아 돌고 돌았더니 다다른 곳 고향이었다는 서양 시인의 탄식도 탄식이다.

백사십오

가을밤 빗소리 속에 秋夜雨中 | 최치원*

가을바람에 오직 애써 시를 읊어도
세상 길목마다 아는 사람 적구나
창밖은 한밤중 부슬비 내리는데
등불 앞 내 마음 만리를 달리네.

秋風惟苦吟*
世路*少知音*
窓外三更雨
燈前萬里心

* 최치원(崔致遠) | 857~?년. 경주 사량부 출신으로, 12세(868년)에 중국 유학, 18세(874년)에 빈공과에 합격하였
다. 29세(885년)에 귀국할 때까지 10여 년간 중국에서 관직생활을 하며, 그곳의 문인들과도 교유하였다. 그가
귀국하자 헌강왕은 한림학사에 임명하여 그 문재를 발휘하게 하였으나, 그다지 큰 직책은 맡겨지지 않았다. 말
년에 해인사에 은거하였는데, 51세(908년, 효공왕 12년) 이후에는 소식이 없다.
* 苦吟(고음) | 애써 읊다.
* 世路(세로) | 세상 살아가는 동안이라는 시간적 의미.
* 知音(지음) | 백아(伯牙)의 거문고 소리를 그의 벗 종자기(鍾子期)만이 알아들었다. 종자기가 죽자 백아는 알아주
는 이 없음을 한탄하며, 그의 거문고 줄을 끊어 버렸다. 『열자』에 나오는 이야기이다.

최치원의 「가을밤 빗소리 속에」는 다른 설명이 필요하지 않을 정도로 유명한 그의 대표작이다.

최치원은 열두 살 나던 해에 고향을 떠나 유학길에 오른다. 아들을 보내며 그의 아버지 다짐받으시기를, "네 떠나고 십 년 안에 급제 소식을 듣지 못하면 내 자식도 아니다" 했다 하니, 아버지치고는 비정하기까지 하지만, 거기에는 자식에 대한 굳은 믿음이 담겨 있다. 과연 최치원은 아버지의 뜻을 어기지 않았다.

변방 국가 출신들만을 대상으로 실시한 빈공과賓貢科에 합격했어도, 최치원은 정식 벼슬을 받았다는 점에서 다른 이들과 구분된다. 그러나 더욱 의미 있는 사실은 신라 출신으로 그가 한문을 자유자재로 구사한 첫번째 사람이었다는 점이다. 바야흐로 우리에게 새로운 문명이 열리는 신호탄을 그가 쏘아 올린 것이다.

영광스러운 기록을 만들어 가며 화려한 생활을 했다고는 하나, 객지에서 살아가는 일이 그렇게 만만하지는 않았을 것이다. 그 같은 그의 마음이 이 시에 절절히 묻어 있다.

원문 두 번째 행의 '지음知音'은 마음과 뜻을 알아주는 좋은 친구를 가리키는 말이다. 거기라고 사람이야 왜 없겠는가. 그러나 아무리 많은 사람이 있어도, 다 같은 사람은 아니다.

머나먼 길 떠나와 때가 되어도 고향 한 번 찾아가지 못하는 서글픈 나그네의 마음을 헤아릴 수 있게 하는 시이다.

윤주의 자화사에 올라 登潤州慈和寺 | 최치원

여기 올라 세상사 티끌 같은 일 잠시 접노니
흥망을 생각건대 한스러움만 더욱 이네
아침저녁 뿔 나팔 속에 파도는 일렁이는데
옛사람 오늘 사람 푸른 산 그림자에 묻혀 있구나

서리는 고운 가지 꺾고 꽃은 주인 없어도
따뜻한 바람 금릉 벌판 불어오니 풀은 저절로 봄을 이루네
사조謝朓여, 그대가 남긴 자취만 있어
후세의 시인 그나마 삽상한 마음 새롭게 하누나.

登臨暫隔路歧塵
吟想興亡恨益新
畵角*聲中朝暮浪
靑山影裡古今人
霜摧玉樹*花無主
風暖金陵草自春
賴有謝家*餘景在
長教詩客爽精神

* 畫角(화각) | 그림을 그려 꾸민 뿔 나팔. 주로 용을 그렸다.
* 玉樹(옥수) | 아름다운 나무. 귀한 공자님, 곧 귀인을 상징하여 쓴다.
* 謝家(사가) | 사씨의 집안. 특히 남제(南齊)의 유명한 시인 사조(謝朓)를 가리킨다.

이 시에 등장하는 윤주潤州는 지금 중국의 남경 일대이다. 남경은 예전에 금릉이라 하였는데, 이 시 가운데 여섯 번째 행에서 이 지명이 나오고 있다. 그곳 자화사에 올라 세상살이의 유상有常함과 무상無常함을 절절히 읊은 것이다.

시상을 떠올리게 한 것은 두 번째 행의 흥망興亡이었을 것이다. 누군들 망하기를 좋아하고 흥하기를 싫어할까? 그러나 흥하기를 바란다고 해서 흥하고, 망하지 않기를 바란다고 해서 그렇게만 되는 것도 아니다. 흥망이 교차되는 이치는 오묘하기만 하다.

시인은 그 구체적인 예를 셋째, 넷째 행과 다섯째, 여섯째 행에서 교차하여 보여 주고 있다. 아침저녁 울리는 뿔 나팔 속에 흔들리는 물결은 만고에 변함이 없는 유상한 모습이다. 그러나 잘난 사람 못난 사람 모두 때가 되면 세상 등지고 산에 묻히기는 마찬가지라는 표현은 무상한 모습이다. 그런가 하면 좋은 나무도 서리를 이기지 못하고, 아름다운 꽃은 누가 주인이라 말할 수 있는가. 무상한 인생살이의 다른 표현이다. 하지만 봄이 오고 따뜻한 바람 불어오면 풀은 저절로 봄을 이룬다는 표현은 유상한 모습

이다.

　이렇듯 세월에도 변함없는 유상한 모습과 그 세월을 따라 하릴없이 변해가는 무상한 모습을 적절히 배치했다. 유상(세 번째 행)에서 무상(네 번째 행)으로 다시 무상(다섯 번째 행)에서 유상(여섯 번째 행)으로 넘어가는 시행의 전환이 탁월하다.

마지막에 최치원은 이곳에서 살았던 중국 시인 사조(479~502년)의 시를 의탁하고 있다. 사조가 읊은 좋은 구절이란,

　　맑은 강 깨끗하기 흰 비단 같은데
　　새들은 시끄럽게 봄 모래톱 덮었네
　　澄江淨如練
　　喧鳥覆春洲

라는 대목이 아닌가 한다.

강남녀 江南女 | 최치원

강남 풍속 음탕쿠나
딸을 길러도 아양이나 떨게 하고
성질머리하곤 바느질은 질색
화장이나 하다 악기를 고른다네

그래야 배우기는 좋은 음악 아니요
봄바람에 끌리는 야한 것들뿐
아리따운 얼굴 뽐내며
언제까지 잘 나가리라 믿네

도리어 이웃집 여자
밤이 맞도록 베틀질 비웃기를
"베틀에서 죽도록 일해 봐라
비단 옷 네게는 돌아가지 않을걸"

江南蕩風俗

養女嬌且憐

性冶恥針線

粧成調管弦

所學非雅音

多被春心牽

自謂芳華色

長占*艶陽年

却笑隣家女

終朝*弄機杼

機杼縱勞身

羅衣不到汝

<hr>

* 占(점) | 차지하다. 지니다.
* 終朝(종조) | 아침이 다하도록. 아침까지.

이 시에 등장하는 '강남'은 서울의 강남이 아니다. 최치원이 아직 중국에서 활동하던 무렵에 쓰인 이 시는 중국 강남 지방의 풍속 중 하나를 읊은 것이다. 묘하게도 시의 내용이 오늘 우리와 몹시 닮아 있어, 서울의 강남이라 해두어도 무방할 것 같다.

최치원이 본 강남은 매우 부정적인 이미지가 강하다. 풍속이 음탕하다는 판정은 최치원이 내린 것이지만, 그곳 사람들마저 집 안에서 딸을 길러도 같은 모양이니, 자신들을 음탕하게 본다는 사실을 괘념하지 않는 분위기이다.

아마도 멋들어지게 사는 일이란 그렇게 음탕하게 보이는 것이라고 스스로 판단하고 있을지 모른다. 여자로서 바느질하는 것을 싫어한다거나, 야한 화장이나 일삼는 것이 부자의 특권쯤으로 여겨지는 모습이다. 오늘날 서울의 강남을 누비는 소비적 젊은이들과 다르지 않다.

그러나 시의 핵심은 그들의 야한 모습을 비판하는 데 있지 않다. 있는 자들이 한껏 돈 자랑하는 따위야 듣고 흘려 버리면 그만이다. 제 것 제가 쓴다는데 말리거나 욕하면 한낱 시샘으로 보일 수도 있기 때문이다.

문제는 그런 상황에서 나오는 빈부 간의 격차이며, 가난하고 일하는 사람들을 얕보는 부자들의 태도이다. 생산 계층과 누리는 계층이 서로 다를 때 생기는 부작용은 심각하다. 짙게 화장이나 하고 악기를 퉁기며 쾌락에 빠져 있는 자들이, 밤새 베틀을 돌리며 일하는 사람들을 어리석은 듯 비웃는 것이 문제이다.

어쩌면 운명인지도 모른다. 오랜 역사가 흐르는 동안 최치원이 보여 준 이 같은 우화 같은 현실은 개선되기는커녕 심화되었다. 양극화로 갈라진 오늘이라고 다르지 않은 것을 보면 말이다.

가야산* 독서당에 부치다 題伽倻山讀書堂* | 최치원

겹겹 바위 새 미칠 듯 쏟아지는 물이 깊은 산을 울리니

지척에 둔 사람 소리조차 가리기 어렵구나

옳거니 그르거니 그 소리 들을까 보더냐

일부러 흐르는 물로 온통 산을 둘러싼 게지.

狂奔疊石吼重巒

人語難分咫尺間

常恐是非聲到耳

故*敎*流水盡籠山

---

* 가야산(伽倻山) | 경상북도 성주군과 경상남도 합천군 사이에 있는 산. 해발 1,430m.

* 題伽倻山讀書堂(제가야산독서당) | 최치원의 문집에는 제목이 '제가야산(題伽倻山)'이라고만 되어 있다.

* 故(고) | 일부러.

* 敎(교) | ~에게 ~하게 하다.

금의환향한 최치원을 기다리는 고국은 기대했던 바와 달랐다. 나라는 혼란하기 그지없고, 인재를 알아 등용하는 분위기는 사라지고 없었다. 그렇게 마흔을 넘기자, 최치원은 현실에 뜻을 잃고, 명산대찰名山大刹을 두루 찾아다니며 보냈다.

그가 찾은 곳 가운데 가야산은 특별하다. 해인사를 품고 있는 가야산은 산도 명산이려니와, 지금 최치원의 흔적을 가장 구체적으로 볼 수 있는 곳이다. 최치원이 이 시에서 말한 '독서당'은 가야산 홍류동에 있었다고 하는데, 유적과 함께 길옆 오른편 암벽에 초서로 새겨져 있다. 세속을 벗어난 최치원의 심정이 어떠했는지 가장 잘 보여 준다.

먼저 사나운 물살이 부딪혀 굉음을 내며 흘러 내려가는 소리에 정신이 아득할 지경이라고 표현했다.

그런 광경을 보고 있노라면 무슨 생각이 들까? 깊은 산중의 장쾌한 물소리는 무엇보다 가슴을 시원하게 쓸어내릴 것이다. 소용돌이치는 여울이 눈을 어지럽힐 수도 있다.

그러나 시인은 이미 세속에서 쓰라린 가슴을 안고 올라왔다. 세상의 소리들이 아름답고 정겹게 느껴질 수 있지만, 중상모략과 난무하는 소문 때문에 역겹고 싫을 수도 있다. 그런 마음이었다면 이 산에서 만큼은 세상의 소식을 끊고 싶었을 것이다. 다행히 물소리 저다지 장쾌하니, 세상 소리가 슬그머니 산머리까지 올라왔다가도 발을 붙이지 못하리라. 시인의 마음은 거기에 미쳐 있다.

시는 은유의 절묘한 부림을 얻었다. 물소리를 의인화하거나, 산이 물을 부려 제 몸을 둘러싸고, 세상의 이욕에 가득 찬 소리를 못 들어오게 한다는 표현이 그것이다.

흐르는 물을 띠 삼아 꽉 조여 맨 산은 곧 세상에 휩쓸리지 않겠다는 시인의 다짐이다. 최근 배창환(1955~) 시인의 「가야산 시」를 읽어 보니, 거기에 이런 구절이 나왔다.

비구니 스님들 새벽 예불 드릴 때

나는 마당귀
20년 전 꽃밭으로 달려들어
옥잠화 금잔디 봉숭아 앞에 엎드리다

그 향기 따라가다 죽고 싶어서

입산入山 | 최치원

스님, 청산이 좋다 말 마소
산 좋다며 어쩐 일로 다시 산을 나서시는가
다음 날 내 자취나 두고 보시구려
한 번 청산에 들거든 다시 나오지 않으리니.

僧乎莫道青山*好

山好何事更出山

試看他日吾踪跡*

一入青山更不還

* 青山(청산) | 나무가 우거진 푸른 산. 뼈를 묻는 산.
* 踪跡(종적) | 발자취. 발자국. 뒤 자취. 종(踪)은 종(蹤)과 같다.

「입산」은 최치원다운 재치와 호기가 잘 나타나 있는 시이다.

최치원이 세상을 등지기 시작한 것은 마흔 살이 넘어서인 것으로 알려져 있다. 스물아홉 살에 귀국하여 십여 년간 활동을 하며, 육두품으로 최고위인 아찬까지 진출한 것으로 짐작되나, 결코 벼슬의 높이만 가지고 만족스러워하지는 않았다. 서른일곱 살이 되던 해, 하정사賀正使로 당나라에 다녀오기로 되어 있었는데, 도둑들이 들끓어 포기해야 할 만큼 세상은 어수선했다.

그가 한 번 세상을 등지고 주유周遊의 길에 나섰을 때, 그의 발길은 경주·합천·지리산 쌍계사·동래의 해운대 등 여러 곳을 향했다. 가야산 해인사에 든 이후의 행적이 묘연해져 거기서 세상을 마친 것으로 추정되지만, 만년의 신비스런 행적 때문에 신선이 되었다는 설화까지 나온다. 해인사에는 집안의 형제인 승 현준賢俊이 인도한 것으로 전해진다.

최치원은 그가 유학자인 것에 대해 자부심이 있었다. 실제 우리나라 유학의 발자취는 최치원으로부터 뚜렷해졌고, 이는 문학에까지 영향을 미쳤다. 그러나 도교적인 생활과 뜻을 담은 글이 상당수 남아 있을 뿐만 아니라, 불교에도 매우 깊은 관심을 보였다. 말년의 은거 생활이 주로 사찰에서 이루어진 점 또한 시사하는 바가 매우 크다.

최치원은 사람살이의 중심을 소중히 여겼다. 혼란한 시대를 사는 사람들의 마음과 행실이 바로 서지 않음을 안타까워했다. 한 번 마음먹은 바른 길은 돌이키지 않겠다는 소신도 가지고 있다. 청산이 좋다고 떠벌릴 때는 언제고, 세상살이에 미련을 버리지 못해 뛰쳐나가는 무리와 근본이 다르다는 호언이다. 한 번 청산에 든 다음 어떻게 하나 두고 보라는 장담이 그의 이 같은 성격을 잘 말해 주고 있다.

경주* 용삭사溪州龍朔寺 | 박인범*

으리으리한 신선의 집 같이 검푸른 하늘에 솟고
달빛 받는 피리 소리 뚜렷이 들려오누나
등불은 반딧불처럼 흔들려 험한 길을 밝히고
사다리는 무지개 그림자를 돌아 바위 문에 뒤집어 있네

흐르는 물을 따르듯 인생사 어느 때 다할 건가
대나무는 서늘한 산에서 만고에 푸르건만
시비를 따지며 공이니 색이니 캐자니
한 백년 시름에 취했다가 앉아서 곧 깨네.

翬飛仙閣在靑冥

月殿笙歌歷歷聽

燈回螢光明鳥道*

梯回虹影倒岩扃*

人隨流水何時盡

竹帶寒山萬古靑

試問是非空色*裏

百年愁醉坐來醒

* 경주(涇州) | 중국 감숙성 경천현.
* 박인범(朴仁範) | 생몰년 미상. 신라 효공왕(897~911년) 때의 문신이자 학자. 당나라에 유학하여 빈공과에 급제
  하고, 귀국한 뒤 한림학사 등을 역임하였다.
* 鳥道(조도) | 산길이 험하여 새나 다닐 수 있다는 좁은 길.
* 岩扃(암경) | 자연적으로 만들어진 바위문. 은자가 사는 곳 또는 절을 비유한다.
* 空色(공색) | 불교의 대표적인 경전 「반야심경」에 나오는 '공즉시색 색즉시공(空卽是色色卽是空)'에서 나온
  말. 색(色)은 형질과 모양이 있는 것의 총칭이다.

박인범은 신라 말에 활약한 문인이나 그 생몰년은 정확히 알려져 있지 않다. 최치원처럼 당나라에 유학 가 거기서 과거에 합격한 사람 가운데 하나이다. 지금까지 전해지는 그의 시와 산문이 도합 20여 편 남짓 된다. 그것도 개인 문집을 통해서가 아니라 여기저기 실린 글을 모은 것에 불과하다. 전모를 알 수 없어 아쉽지만 남은 편린으로나마 비범한 그의 글재주를 짐작한다.

「경주 용삭사」는 그 중 대표적인 작품이다. 원제목은 「경주용삭사각겸간운서상인涇州龍朔寺閣兼柬雲栖上人」이다. 박인범이 중국에 머물 때 쓴 작품인데, 그곳의 지리서인 『방여승람方輿勝覽』에 소개될 만큼 널리 애송되었다.

처음 넉 줄은 용삭사와 그 부근 경치를 그림처럼 아름답게 묘사하고 있다. 특히 "등불은 반딧불처럼 흔들려 험한 길을 밝히고 / 사다리는 무지개 그림자를 돌아 바위 문에 뒤집어 있네"라는 구절은 현대시의 여느 묘사에 못지않게 세련되었다.

그러나 다음 넉 줄은 완연히 분위기를 달리 한다. 만고에 변함없이 푸르기는 대나무와 같이 유상한 자연이건만, 사람은 흐르는 물처럼 한 번 가면 다시 오기 어려운 무상한 존재이다. 유상과 무상이 절묘하게 대비되어 있다. 좋은 곳을 바라보며 느끼는 인생무상은 그 때문에 더욱 간절하다.

그러니 따져서 무엇 하랴. 불가佛家에서 가르치기를 공즉시색空卽是色이며 색즉시공色卽是空이라 하지만, 그것을 가늠하는 일조차 헛된 시빗거리에 불과한 것이다. 사람살이 길어야 백 년, 그것이 취했다 곧 깨는 일과 아무 다름이 없다.

강물을 따라가며 장수재에게 江行呈張秀才 | 박인범

억새풀꽃 물가에 느지막이 배를 대니
찬 이슬 벌레소리 언덕 가득 가을이네
물 나간 옛 여울에는 모래 부리가 잠기고
해지는 쓸쓸한 섬에는 나무만 시름겨워하네

바람은 강물 위에 이는데 떼지어 기러기 날고
달은 하늘 끝에 실어 홀로 가는 배
우린 나그네 나이 이미 늙었고
심사를 털어놓자니 눈물만 삼키는구나.

蘭橈*晚泊荻花洲

露冷蛩聲繞岸秋

潮落古灘沙嘴*沒

日沈寒島樹容愁

風驅江上群飛雁

月送天涯獨去舟

共厭羈離*年已老

每言心事淚潛流

* 蘭橈(난요) | 난장(蘭裝). 목란으로 만든 배의 노.
* 沙嘴(사취) | 모래톱에 불쑥 튀어나온 부분.
* 羈離(기리) | 떨어져 사는 나그네 생활.

이 시는 박인범이 이역만리 중국에서 고향 사람 장수재를 만나서 쓴 시이다. 수재는 본명은 아닌 듯하다. 아마도 박인범처럼 고달픈 유학길에 나선 이였으리라 짐작된다.

저물 무렵 낯선 곳에 배를 내린다. 벌써 깊은 가을, 찬 이슬 내리고 기러기 떼는 하늘 높이 날아 제 집을 찾아가는데, 그의 눈에 들어온 달은 하늘을 떠가는 외로운 배와 같다. "달은 하늘 끝에 실어 홀로 가는 배"라는 표현은 한마디로 무릎을 치게 하는 절창이다.

시인의 눈에는 자신이 타고 온, 그래서 마을에서 밤을 지새울 정박한 배가, 어느덧 하늘의 배로 이전되어, 쓸쓸한 자신의 심정을 대신하는 객관적 상관물이 되어 있다. 나그네인 자신들은 어디에도 정박하지 못하고 또 흘러갈 신세처럼 보이는 것이다.

이 시에서 표현되고 있는 나그네는 이미 늙은 나그네이다. 사람이란 늘그막에는 어디든 정박해야 할 존재들이다. 그럼에도 머물지 못하는 처지가 더욱 슬픈 것이고, 그렇기 때문에 말 한마디 뗄 때마다 말보다 눈물이 앞서는 것은 당연하다.

그러나 그들은 정말 늙은 사람들이었을까. 사실 그렇지 않다. 추측건대 이때 그들의 나이 이십대 후반쯤이었을 것이다.

그런데도 자신들을 늙은이라 표현한 것은 왜일까. 대체로 한시에서 관용적인 어투이기도 하면서, 몸이 아닌 마음이 벌써 그렇게 늙은이처럼 피곤하였다는 우회적 표현으로 보인다. 마음 곤하면 이미 늙은 것이다.

장안[*]의 봄날에 長安春日有感 | 최광유[*]

갈림길 삼베옷에 묻은 먼지 털기 어렵고
새벽녘, 거울에 비친 흰머리 여윈 얼굴, 누구인가
모시는 나라 좋은 꽃이야 시름 속에서만 곱고
고향의 꽃다운 나무 꿈속의 봄일 뿐

어스름히 달 비추는 외로운 배 떠나오던 바다를 생각하고
여윈 말 타고 관하에서 길 묻기 지쳤었지
다만 형설의 뜻을 이루지 못했으니
버드나무 꾀꼬리 우는 소리에 그지없이 슬픈 마음.

麻衣*難拂路岐塵

鬢改顏衰曉鏡新

上國*好花愁裏艷

故園芳樹夢中春

扁舟烟月思浮海

羸馬*關河倦問津

祇爲未酬螢雪*志

錄楊鶯語太傷神

* 장안(長安) | 당나라의 수도. 지금의 서안.
* 최광유(崔匡裕) | 생몰년 미상. 경주 출신. 885년(헌강왕 11년). 왕이 김근을 중국의 당나라에 사신으로 보낼 때
  유학생으로 따라갔다.
* 麻衣(마의) | 과거에 합격하지 못해 아직 벼슬에 오르지 못한 선비가 입는 옷.
* 上國(상국) | 여기서는 중국을 일컫는다.
* 羸馬(이마) | 수척한 말. 나그네 길의 고단함을 나타낸다.
* 螢雪(형설) | 형설지공(螢雪之功).

최광유 또한 최치원, 박인범과 마찬가지로 중국에서 유학한 문인이다. 원래 경주 사람인데 헌강왕 때 숙위 학생宿衛學生으로 선발되어 입당入唐하였다고 하나 생몰년은 정확하지 않다. 숙위학생이란 지금으로 치면 국비 유학생이다.

장안은 당나라의 수도를 일컫는다. 젊은 유학생은 긴 겨울을 보내고 좋은 봄날을 맞이한다. 장안의 겨울은 유독 건조하고 춥다. 때문에 봄이 돌아오면 꽁꽁 얼었던 몸과 마음을 펴고 즐겁고 가벼운 상상력을 발동하게 마련이다. 유독 당나라 시인들이 봄을 즐겨 노래한 데에는 환경의 탓도 있을 것이다.

그러나 이국 땅 나그네에게 봄은 화려한 것만은 아니다. 거울을 쳐다보면 거기에는 초라한 행색의 시들어 가는 얼굴만 나타날 뿐이다. 변방 출신의 유학생에게 이 나라는 모시는 나라로서 거드름만 더할 뿐인데 거기에서 피어나는 아름다운 꽃이라고 그저 즐길 수만 없는 형편이다. 도리어 그럴수록 고향 땅이 그립기도 하지만 그 또한 꿈속에서나 그려 볼 일이다.

숙위 학생으로 뽑혀 집을 떠나 올 때는 그의 어깨 위에 무거운 짐이 실려 있었다. 시골 출신이 서울에 오면 어떻든 성공해서 금의환향해야 하는 일념이 오롯한 법이다. 최광유 또한 형설의 공을 이루어 귀국할 날을 손꼽는 것인데 본국 출신도 붙기 어렵다는 과거시험을 생각하면 시름없이 들려오는 새소리도 무정한 법이다.

먼 옛날의 한 풍경이 보이는 듯하다. 우리 조상들이 작은 나라의 글 읽는 이로 태어나 이런 고민을 하며 살았음을 엿볼 수 있는 글이다.

고향 생각 和坂領客對月思鄉之作 | 왕효렴*

쓸쓸한 여름밤에
두둥실 달은 밝네
달빛과 그림자에 드러나는 산은 몇이며
물과 하늘 사이 만물은 새롭네

홀로된 여인 슬픔만 새록새록
발 묶인 나그네도 마음만 상하는데
누가 천리 밖 떨어졌다 하리
저 달빛 두 사람 비추이니.

寂寂朱明夜
團團白月輪
幾山明影徹
萬象水天新
棄妾看生愴
羈情對動神
誰云千里隔
能照兩鄕人

* 왕효렴(王孝廉) | ?~815년, 발해 희왕(僖王, 813~817년) 때의 태수였다. 사신으로 공이 인정되어 일본에서 정삼위(正三位)의 벼슬을 받았다.

왕효렴은 발해 희왕 때의 사람이다. 언제 태어났는지는 모르고 815년 일본에 사신으로 갔다가 그곳에서 죽었다.

왕효렴이 일본에 간 것은 814년으로, 그가 죽기 한 해 전이 일이었다. 정왕定王(809~812년)의 죽음을 알리기 위해 9월에 일본에 도착해, 12월에 수도인 교토에서 일본 왕을 만나 임무를 무사히 완수한 다음, 6월 고국을 향해 출발했으나 타고 오던 배가 풍랑을 만난데다, 감기에 걸려 그만 운명을 달리 했다.

일본에 있는 동안 왕효렴은 뛰어난 글재주로 주변 사람들을 놀라게 했다. 일본 왕마저 그에게 따로 벼슬을 내릴 정도였다. 지금도 그의 글과 시가 일본 쪽 자료에 전해 온다. 여기 소개하는 시도 그 같은 경위로 남은 것들이다.

남자는 국가의 명을 받아 바다 멀리 나그네 길에 있다. 마침 두렷한 달이 떠오르고, 남은 여자가 바라보는 그 달빛에 비치는 만물은 임이 함께 있을 때 바라보던 옛날의 그것이 아니다. 그래서 가슴속 슬픔은 새록새록 할 터인데, 짐짓 시인은 슬픔의 안쪽에서 스스로를 달래고 있다.

여기 서서 보는 달빛, 천리 밖 고향에서 나의 임도 함께 바라보고 있을 터이니, 우리 비록 떨어져 있어도 땅 위에 함께 살고 있는 것이나 마찬가지라는 것이다.

달빛을 가지고 형상화한 절창이다.

우리 고대시가의 기원과 아름다움

문학사의 시기 구분과 고대시가

우리나라의 문학사는 대체적으로 고대-중세-근대-현대로 그 시기를 구분한다. 고대는 신라 말까지, 중세는 고려와 조선시대, 근대는 갑오경장(1894년)에서 일제 강점기 끝(1945년)까지, 현대는 해방 후 오늘날까지이다.

이를 좀더 세밀히 구분하는 방법도 있다. 먼저 고대를 원시(삼국시대 정립기까지)와 고대(삼국시대에서 통일신라 또는 남북국시대까지)의 둘로 나눈다. 중세를 중세전기(고려시대)와 중세후기(조선 초·중기) 그리고 중세에서 근대로의 이행기(조선 후기)의 셋으로 나눈다. 근대와 현대는 대체로 같다.

이 같은 문학사의 큰 틀에서 나눈 시대 구분은 시가문학에서도 거의 같은 방식으로 적용된다. 이에 따라 나타난 각 시기의 대표적인 시가 장르를 나열해 보면 다음과 같다.

　　　　원시문학 ― 원시가요

　　　　고대문학 ― 향가, 한시

　　　　중세전기문학 ― 고려가요, 경기체가, 한시

중세후기문학 — 악장, 시조, 가사, 한시

중세에서 근대로의 이행기 문학 — 시조, 사설시조, 가사, 서민가사,

잡가, 한시

근대문학 — 신체시, 근대시, 동시

현대문학 — 현대시, 현대시조, 동시

　원시가요로 시작한 시가 문학사는 고대문학 시기에 향가가 탄생하고 중국으로부터 한시가 들어오면서 범위가 늘어난다. 이후 각 시대마다 그 시대를 대표하는 장르가 생겨나고 없어지는 한편 한시는 시대를 이어 계속된다. 그러다 근대에 들어 한시가 자취를 감추는 대신 서양문학의 영향을 받은 근대시 또는 현대시가 등장한다. 근대 이전까지는 중국의 영향을 크게 받되, 근대 이후에는 서양의 영향을 더 받는 것이다.

　물론 그러는 와중에도 우리 고유의 시가 장르는 언제나 한 자리 이상을 차지한다. 향가, 고려가요, 시조, 가사 같은 장르는 고유한 우리 시가 장르이다. 한편에서는 한시가 지어지지만 우리 시도 굳건하게 자기 자리를 지켰던 것이다. 그러나 서양의 영향을 받는 근대 이후에 영

시英詩 같은 한시를 대신할 장르는 들어오지 않는다. 이것이 근대 이전과 이후의 차이이면서, 근대 이전에 우리나라 사람에 의해 쓰인 한시를 중국 시로 보지 않고 우리 시문학에 함께 집어넣는 까닭이다.

이 책에서 말하는 고대시가는 원시문학과 고대문학을 아우른 것이다. 곧 원시가요, 향가, 한시를 이른다. 원시가요는 '처음 노래와 민요'라는 소제목으로 묶었으며, 향가는 신라시대에 지어져 『삼국유사』를 통해 전하는 14수와, 고려시대 초에 지어져 『균여전』을 통해 전하는 균여의 「보현시원가」 11수로 나누어 묶었다. 한시는 이 시기 대표적인 시인 최치원, 박인범 등의 작품 15수를 가려 뽑았다.

우리는 이 시들을 통해 우리나라 시가문학이 어떻게 탄생했으며, 이 작품이 지니고 있고 오늘날 우리에게 전해 주는 고대인의 서정 세계가 어떤 것인지 알 수 있다.

처음 노래들이 지닌 특성

원시가요의 이해는 그 전승의 비밀을 캐는 데서 출발한다. 노래는 숱하게 많았을 터이나, 그 중 일부만이 오랜 세월을 견뎌 오늘날 우리에게 전해졌다. 무엇이 어떻게 기능하여 노래는 우리에게 남았는가.

흔히 「황조가」, 「구지가」, 「공무도하가」를 최초의 노래 세 편으로 부르지만, 그것이 정말 처음 노래인지 확정하기 어렵고, 각기 뚜렷한 개성을 지닌 노래여서 그 성격을 일반화하지도 못한다.

알다시피 「황조가」는 『삼국사기』에, 「구지가」는 『삼국유사』에 실려 있다. 고대사를 전하는 두 대표적인 저술에서 각기 한 편씩의 원시가요를 발견하게 되는데, 현상적으로 나타난 이 같은 사실이 우연이면서도 우연이 아닌 어떤 사정을 우리에게 일러 주는 듯하다. 왜 이 두 책은 이 노래를 싣지 않을 수 없었을까? 그것은 한마디로 누구나가 부르고, 누구나의 기억에 남아 있는 노래가 자연스럽게 스스로 생명력을 획득해 살아남았음을 웅변한다. 『삼국사기』와 『삼국유사』는 사람들의 그런 자발적인 선택과 노래의 생명력을 일부 수용했을 뿐이다.

두 노래는 노래로서 잊히지 않을 큰 세력을 얻고 있었다. 그것은 동시에 이와 비슷한 노래가 얼마든지 지어져 불렸음을 알려 준다.

사실 민중들 사이에서의 노래란 즉흥적이고 다양한 형태로 만들어진다. 하나의 틀이 만들어지면 거기에 다른 사연이 자리를 잡는다. 예를 들어 「구지가」는 「해가」와 비슷하다. 명령하고 위협하는 틀거지 속에 자신이 바라는 바를 내용으로 담는다. 그래서 「구지가」에서는 왕을 만나고 싶다는 바람을, 「해가」에서는 잃어버린 부인을 찾겠다는 의지를 전면에 내세운다. 이처럼 즉흥적으로 변이되어 수많은 노래를 만들어 냈을 것이다. 그 중에서도 분명한 개성을 지닌 노래만이 살아남았다. 아니 뒷사람들의 선택을 받았다.

수효로 본다면 빈약하기 짝이 없는 우리 고대가요이지만, 그 의미로 보건대 논의의 여지가 넓은 것은 이런 데서 연유한다.

노래의 전승에는 이야기와의 결합이 큰 몫을 했다. 우리 고대가요의 거의 전편이 이야기와 함께 전해지지만, 이야기가 있어서 기억의 생명력을 더했음은 물론이고, 거꾸로 말하자면 노래로 인해 이야기의 완결성이 세졌다. 그러므로 어느 한쪽에 비중을 더 두어서는 안 된다.

이야기와 노래의 결합으로 이루어졌다는 점에서 처음 노래 세 편과 다음 시기의 향가 사이에는 크게 다른 점이 없다. 다만 어떤 양상으로 이야기와 노래가 결합하는가를 두고 그 경우의 수를 헤아려 볼 수는 있다. 이는 각각의 이야기와 노래가 등가적 관계인가, 종속석 관계인가에 따른 것이다.

그런 가운데서도 가장 문제가 되는 것은 노래와 이야기의 친연성親

緣性이다. 과연 그 노래에 그 이야기인가 하는 점이다.

어찌 보면 단순한 서정가요로 끝날 노래들이 신화적, 상징적 해석의 손길을 기다리게 된다. 노래와 이야기를 둘이 아닌 하나의 이야기 뭉치로 받아들였던 시기에, 사람들은 풍부한 몸집 불리기에 주저할 까닭이 없었고, 거기에 재미있고 감동적인 뜻을 가득 담고 싶었을 것이다. 심지어 여러 사람이 함께 만들어 불렀을 노래가 개인 창작으로 자리 잡기까지 한다.

그러므로 「황조가」는 유리왕이 지었을 것 같지 않은데도 모두들 그의 노래로 믿어 버리게 되었다. 이것이 처음 노래들이 지닌 역사성이다.

향가의 탄생과 그 의미

순수한 우리의 정서를 담아낼 그릇을 꾸준히 모색하고 실험하는 가운데, 이 같은 의지의 산물로 처음 나타난 장르가 향가이다.

향가라는 말도 중국시가에 대한 대칭에서 비롯된 것은 사실이나, 향언·향어·향찰·향요·향가 등에서 공통적으로 쓰이는 '향'처럼, 우리를 강조한 주체적이고 자주적인 의지가 내포되어 있다.

먼저 『균여전』의 기록을 잠시 보도록 하자. "당시가 당나라 말로 짜였듯이, 향가는 향어로 얽어졌다"고 하였다. 이는 중국과 대등하게 우리 노래의 독자적이고 독립적인 자리를 설명하는 것으로 보인다. '주체적이고 자주적인 의지가 담긴 표현', 이것은 향가의 궁극적인 의미규정이면서, 그 탄생을 찾아가는 실마리이기도 하다.

처음 연구자들은 노래가 이두식 문자에 의해 표기되었으면 이것을 향가라 전제하고, 향가문학의 성립 연대는 부득이 그를 표기하는 이두문자의 발명 연대에서 구하였다. 이두의 발명 연대는 대체로 신라가 삼국을 통일할 무렵이다. 그렇다면 향가의 성립 또한 이때로 보자는 것이다.

여기서 더 나아가 연구자들은 향가문학의 성립이 국문학의 형성을 의미한다고 해석하였다. 굿 노래를 부르며 주술을 행하던 전통이 계승되고, 화랑제도가 만들어진 다음 산천을 찾아 노래 부르고 춤을 추면서 수련을 일삼는 기풍이 고조되자, 드디어 사뇌가의 출현을 보게 되었다는 것이다. 사뇌가는 흔히 향가 중에서도 10구체의 정형성을 갖춘 노래를 일컫는 말이다. 융천사가 지은 「혜성가」가 대표적이다.

한편 사뇌가의 초기에 해당하는 6세기경에는 「혜성가」처럼 함께 부르는 노래가 많이 불리다, 7세기 말에 이르러 개인의 내면세계를 노래하는 순수 서정시가 나타난다. 월명사의 「제망매가」가 대표적이다.

요컨대 신라인들이 향가를 짓게 된 까닭은, 중국시가에 상응하여 우리의 주체적 생각을 담은 노래를 만들어 보겠다는 자주정신에서 비롯된 것이고, 여기에는 향찰이라는 독특한 표기 수단의 발명이 뒷받침되었다. 다른 한편 향가가 널리 불린 데는 불교의 영향이 크다.

지금 전해지는 14수의 향가를 보면 그 중 9수의 10구체 사뇌가가 가장 중심에 설 것이지만, 시적 형상화의 성취를 높이 이룬 6수 곧 「원왕생가」, 「모죽지랑가」, 「찬기파랑가」, 「안민가」, 「제망매가」, 「원가」가 문무왕대에서 경덕왕대에 나온 점에 주목해 보자. 태종 김춘추와 그의 아들 문무왕이 삼국 통일의 업적을 이루고, 문무왕의 아들 신문왕에 이르러서는 신라로서 가장 번성기를 구가한다. 여기에다 성덕-효소-효성-경덕에 이르는 그 다음 대를 합하여 신라 중기라 하거니와, 그들이 모두 김춘추의 직계후손이고, 오늘날까지 전해지는 강성한 나라의 빛나는 문화유산이 창조된 시기이다. 향가의 명편이 이 시기를 맞추어 나온다는 점은 그저 우연이 아니다.

그러나 이 시기의 내면에서 우리는 또 다른 사실 하나를 목격하게 된다. 문무왕 이후 번성한 신라 사회는 전쟁이 끝나는 시점에서 누리는 단순한 평화의 시대만은 아니었다. 오히려 전쟁으로 인해 가려졌던 내부 모순, 이른바 계층과 지역 간의 갈등이 표면화하고, 개인과 국가가 대립하는 양상이 나타난다. 전쟁에서 긴요한 존재였던 군인이나 화랑은 쓸모없어지고, 국가 이데올로기에 휩쓸려 희생을 감수했던 개인은 자신의 권익을 찾으러 나선다. 그러나 시대의 흐름에 맞지 않는 자들을 포용할 방법은 없고, 불행히도 나눠 가질 밥그릇은 한정되어 있었다.

화려한 번성기 속의 내부 갈등, 그런 궁핍한 시대에 개인은 개인 속으로 숨어든다. 어느 시대이든 나를 찾아가는 이 물음이 문학적으로 표현되었을 때 나오는 장르가 시이다. 신라시대의 시는 바로 향가였다.

향가의 본질과 노래의 향방

향가가 문학 장르로서의 역할을 마무리할 때쯤, 이에 대해서 의미를 부여하는 기록이 나왔다. 바로 『균여전』의 향가 관련 기록이다.

신라 말과 고려 초에 살았던 균여의 추종자로 보이는 혁련정赫連挺

은 균여의 전기를 쓰면서, 균여가 향가를 지은 사실에 무척 많은 지면을 할애하고 있다. 균여가 한 일이 많고 그 생애가 독특하지만, 그런 가운데서도 향가에 뛰어나고, 그것으로 신이한 효험을 보았음을 강조한다.

　균여의 시대는 향가의 전성기가 지나간 다음이지만, 그 분위기와 정서를 신라에서 이어받고 있었다. 신라 향가에서 「천수대비가」의 희명은 딸의 눈을 얻고자 했고, 「제망매가」의 월명은 종이돈을 날려 죽은 누이의 영혼을 천도하였다. 「원왕생가」의 광덕은 노래를 부르며 극락왕생을 기원하였고, 「도솔가」의 월명과 「혜성가」의 세 화랑 역시 노래로 변괴를 물리쳤다. 이 같은 사실은 노래를 통해 얻은 신이한 효험의 예이다.

　그렇다면 균여의 시대는 어찌 되었는가? 사평군에 사는 나필 급간이 병에 들어 장장 3년을 고생하는데, 균여는 다른 치료나 염불 대신 자신이 지은 「보현시원가」를 늘 읽게 했다. 신라 향가가 노래를 통해 소원을 이루는 신묘한 힘이 있었던 것처럼, 이 시대까지도 균여 역시 향가의 그런 전통을 잇고 있었다.

　일연은 『삼국유사』에서 이런 시대를 다음과 같은 말로 정리하고 있다.

> 신라 사람들은 향가를 무척 높였거니와, 대체적으로 『시경』의 송頌
> 과 같은 것이었다. 그래서 자주 천지와 귀신을 감동시키는 일이 한두
> 번이 아니었다.

　이는 일연이 객관적 입장에서 향가의 효능을 기술했다기보다, 그 노
래의 가치를 주관적으로 인정하고 동의한 데서 나왔다고 보아야 한다.
천지 귀신까지 감동케 한다는 말은, 균여가 행한 여러 이적과 이를 기
록한 혁련정의 입장을 연상케 한다.
　흔히 신라 사회야말로 고대 삼국 가운데 중국의 문물을 가장 늦게
받아들여 가장 훌륭히 소화해 냈다고 이른다. 예를 들어 재래 신앙이
강하게 형성되어 있던 사회 중심부에 외래의 불교가 파고들어 오는
데, 끝내 신라는 그것을 거부하거나 거기에 종속되지 않았다. 재래 신
앙과 불교 신앙의 조화 아래 신라의 불교문화를 창출해 낸다. 이것은
신라인이 자신들의 정체성을 잃지 않고 고급한 문화로 옮겨 갔음을
말한다. 향가는 신라문화의 그 같은 특성을 설명해 주는 대표적인 증

거이다.

　향가는 고대인의 생활과 그들의 주술적 감수성 그리고 서정이 한데 어울려 현실적인 힘을 가진 장르였다.

한시의 수입과 발전

한국문학사에서 한문학을 다룰 때 큰 고민이 있었다. 중국에서 중국인에 의해 만들어진 한문학의 쓰기 방법을 고스란히 배워 그대로 실천한 이 문학을 과연 한국문학이라 할 수 있는가?

　예를 들어 지금 시대에 영문학의 방법을 배워 쓴 문학 작품을 비록 한국인이 썼다 해서 한국문학이라 할 수 있는지 의문을 가지는 것과 같은 맥락이다.

　그런데 여기에는 한 가지 다른 점이 있었다. 한문은 지금의 영어와 달리 전통시대에서 우리 조상들 특히 지식인이 가지고 있었던 일상적인 표기 수단이었다. 비록 향찰이나 이두 그리고 한글 같은 우리 표기 수단이 만들어졌음에도 불구하고 주요한 기록은 한문으로 했고 그 수준 또한 높았다. 더욱이 표기 수단만 그랬을 뿐 내용에서는 한국인의 정서를 가득 담고 있다.

이런 점 때문에 우리는 이제 한국문학에서 한문학이 우리 문학으로 들어오는 데 큰 거부감을 가지지 않는다. 비록 한때 이를 배격하자는 논의가 있었지만, 실상으로서 한문학이 차지하는 비중이나 작품으로서의 성격 때문에 인정하지 않을 수 없게 된 것이다.

한문학의 한 장르인 한시 또한 사정은 마찬가지다.

한시라고 하지만 그 안에는 여러 다양한 하위 장르가 있다. 특히 글자 수와 운율을 엄격히 지키는 한시란 당나라 때 정립된 금체시今體詩를 가리킨다. 그 이전에는 중국인들도 다만 글자 수를 맞추는 데에 그친 고체시古體詩를 썼을 뿐이다. 시를 쓰기에 훨씬 까다로운 것이 금체시임은 말할 나위 없다.

이 같은 한시는 처음에 고체시를 따라 하는 수준에서 받아들여졌다. 대표적인 시가 바로 을지문덕의 「우중문에게」와 같은 작품이다. 본격적인 한시를 말하자면 금체시를 배워 자유롭게 쓰기 시작한 최치원에 와서야 가능하다. 이때 신라는 삼국을 통일하고 부지런히 중국의 문물 제도를 배웠을 뿐만 아니라, 젊은이들을 당나라로 보내 공부하도록 주선했다. 한문학의 본토에 가서 배우고 익힌 이들은 고대시가 시대의 우리 한문학 수준을 급격히 향상시켰다. 중국에서조차 이들의 시를 중국인 못지않은 수준의 작품으로 대우해 주었다.

그러나 한문학이 급격히 발전하고 사회에서 이들에 대한 대우가 높아짐에 따라 순수한 우리 문학보다 한문학이 더 앞서나가는 좋지 않은 현상이 발생한 것도 사실이다.